12. IX. 1993 -

A Monsieur et Madame Gérard COPPEL

ce petit livre dont les textes me semblent plein de poésie et d'un charme indéfinissable,

En toute sympathie

Jacques François

[illegible]

[illegible]

[illegible]

[illegible]

[illegible]

[illegible]

COLLECTION FOLIO

Jean-François Deniau
de l'Académie française

La mer est ronde

Nouvelle édition augmentée

Gallimard

Conversation entre deux oncles, l'un cavalier, l'autre marin.

L'oncle cavalier. Il faut vraiment être débile pour avoir un bateau. Seul un cheval permet de joindre le plaisant et le raisonnable. Le mien m'a coûté, à acheter, moins qu'une petite voiture d'occasion. Il améliore son ordinaire en tondant utilement l'herbe de ma pelouse. Et je le monte, toute l'année durant, deux fois par semaine. Tandis qu'un bateau... A acheter : le coût d'une maison ! A entretenir : celui d'une danseuse ! Et tu t'en sers combien de temps ? Un mois par an, au maximum !
L'oncle marin. Non. Douze mois.
L'oncle cavalier. Comment, douze mois ? Et les onze autres mois, qu'est-ce que tu en fais ?
L'oncle marin. J'en rêve.

Le lecteur n'y trouvera à peu près rien sur la
manière de prendre un ris par gros temps, de
finir joliment une épissure ... une urlin...
de pêcher le tout-gros de ...contre, ... la
à bord un haricot ... ton, de ... ano-
...xe. ... cap ... Non, pas
...xe, j'ai ... vidu d...
...raiment ... al des ...xtes de chans... ...ten-
quelqu'... ...rvant, à bord couplet
et puis f... ...nter la moitié ...sser à autre
chose parce qu'il ne c... la la la la pas la suite. J'ai
mis aussi un peti... de bichlamar, sorte
de sabir ou ... qui est utilisé dans les
archipe... ...itaux du Pacifique, pour le
ca... ...lecteur irait croiser dans les îles
...il, ce qui est tout à fait invraisembla-

En un mot, ce livre est inutile. Il raconte seulement l'expérience (ou les expériences) de quelqu'un qui a du plaisir à la voile et en mer et qui l'a écrit pour ajouter à son plaisir celui, si possible, de le partager.

A dix ans, à Granville, un cousin plus âgé (il devait avoir seize ans), qui s'était acheté une vieille coque pourrie, me disait :

— Calfate mon bateau samedi, et dimanche

Conversation entre deux oncles,
l'un cavalier, l'autre marin.

L'oncle cavalier. Il faut vraiment être débile pour avoir un bateau. Seul un cheval permet de joindre le plaisant et le raisonnable. Le mien m'a coûté, à acheter, moins qu'une petite voiture d'occasion. Il améliore son ordinaire en tondant utilement l'herbe de ma pelouse. Et je le monte, toute l'année durant, deux fois par semaine. Tandis qu'un bateau... A acheter : le coût d'une maison ! A entretenir : celui d'une danseuse ! Et tu t'en sers combien de temps ? Un mois par an, au maximum !
L'oncle marin. Non. Douze mois.
L'oncle cavalier. Comment, douze mois ? Et les onze autres mois, qu'est-ce que tu en fais ?
L'oncle marin. J'en rêve.

Avis aux amateurs

Ce livre n'est pas le récit d'un raid particulièrement spectaculaire. Je n'ai battu aucun record, et, dois-je l'avouer, je n'ai jamais traversé le Pacifique sud en pédalo ni l'Atlantique nord à l'aviron en baignoire. Ce livre n'est pas non plus un guide de croisière comportant indications des mouillages agréables, plans de ports lisibles, où trouver une douche et adresses des bons restaurants pas chers. Ce livre n'est pas non plus un cours de navigation, décrivant l'art de tangonner le génois au bout de la bôme de grand-voile pour pouvoir tangonner le foc n° 1 traversé sur le tangon du génois, ni la façon de faire un point astronomique en moins de dix-sept minutes par interpolation des tables Dieumegard et Perrin. Ce livre n'apporte aucun message philosophique, solitaire ou collectif, et il est pratiquement dépourvu de tout jugement sur notre civilisation.

Le lecteur n'y trouvera à peu près rien sur la manière de prendre un ris par gros temps, de finir joliment une épissure par une surliure, de pêcher le tout-gros de rencontre, de mijoter à bord un haricot de mouton, de calculer au sextant la distance d'un cap, de retrouver la verticalité de l'individu dans le monde anonyme et horizontal des mass media. Non, pas même en annexe.

En annexe, j'ai mis des textes de chansons : c'est vraiment trop énervant, à bord, d'entendre quelqu'un chanter la moitié d'un couplet et puis faire ta la la la la... et passer à autre chose parce qu'il ne connaît pas la suite. J'ai mis aussi un petit lexique de bichlamar, sorte de sabir ou espéranto qui est utilisé dans les archipels occidentaux du Pacifique, pour le cas où un lecteur irait croiser dans les îles Salomon, ce qui est tout à fait invraisemblable.

En un mot, ce livre est inutile. Il raconte seulement l'expérience (ou les expériences) de quelqu'un qui a du plaisir à la voile et en mer et qui l'a écrit pour ajouter à son plaisir celui, si possible, de le partager.

A dix ans, à Granville, un cousin plus âgé (il devait avoir seize ans), qui s'était acheté une vieille coque pourrie, me disait :

— Calfate mon bateau samedi, et dimanche

qui le traversaient très vite y gagnaient un ruban bleu.

A quinze ans, toujours à Granville, je m'embarquais pour les vacances sur une bisquine. Elle avait encore ses deux mâts, un peu raccourcis, et ses voiles à pic brun-rouge, aussi lourdes que raides. Le winch n'existait pas, on étarquait à deux ou trois en pesant latéralement à pleines mains, les pieds arc-boutés au mât. L'essence était rare et chère. On ne mettait le moteur, si possible, que pour rentrer et arriver dans les premiers vendre sa pêche. La barre était une barre franche, grosse comme un arbre, et on barrait debout, la barre entre les cuisses, en passant le poids d'un pied sur l'autre. Un jour où le vent n'avait pas été ce qu'il fallait et le poisson pas ce qu'on espérait, l'un des fils du patron s'en est pris à la statuette de la Vierge logée dans une niche au-dessus de la descente. Le patron n'était pas du genre moniteurs d'école de voile qui (comme les écuyers de cours d'équitation) croient que gueuler est le signe extérieur le plus efficace de l'autorité professionnelle. Non, il cognait. J'ai appris à me taire à bord.

J'ai pensé faire l'École navale. Les pères jésuites, qui supportent mal d'avoir un fort pourcentage de recalés aux grands concours de l'État, m'avaient déjà déconseillé Polytechnique. Un soir, l'un d'entre eux m'a pris à part.

— Mon cher fils, pourquoi voulez-vous faire Navale ? Est-ce que c'est parce que c'est un type de commandement qui vous plaît ? Ou est-ce parce que vous aimez la mer ?

Et moi, naïvement, j'ai répondu : « Parce que j'aime la mer. »

Il ne lui a pas été difficile de me démontrer qu'il était urgent que je me prépare à autre chose dans la vie. J'ai donc fait autre chose. Et je suis devenu un amateur.

Amateur, cela veut dire « qui aime », et c'est bien de cela qu'il s'agit. J'aime la mer et j'aime être en mer. J'aime partir, larguer l'amarre et passer les feux ; j'aime naviguer, voir le vent tourner, la brise adonner, le ciel changer, la mer se former et se déformer ; j'aime le bouillon chaud dans le thermos au pied du barreur et l'étoile qu'on prend, un temps, pour cap la nuit entre hauban et galhauban ; j'aime quitter une côte de vue, et, après un jour, huit jours, un mois, en voir apparaître une autre, qu'on attendait ; j'aime arriver, entrer, mouiller, et quand tout est en place, fixé, tourné, amarré, ferlé, rabanté, être à terre. Je suis un amateur.

Mais, si l'on entend le langage commun, amateur, cela veut dire aussi : non-professionnel, avec une nuance de mépris ou même d'hostilité.

C'est vrai. Il faut se faire pardonner, semble-t-il, ce qu'on fait pour son plaisir, ou simplement avec plaisir.

Un jour, la bisquine récupéra dans les parages du raz Blanchard (parages peu confortables, s'il en est, et, à vent contre-marée, tout à fait désagréables) un « plaisancier », comme on dit, qui avait chaviré. Ce malheureux était accroché depuis quatre ou cinq heures à la quille de son bateau, ballotté par la mer et le courant, gelé, hagard, et ne tenant plus que par une sorte de crispation nerveuse. On l'a monté à bord et là le patron (j'ai dit qu'il cognait) s'est mis en devoir de lui casser la figure systématiquement à coups de poing, tout en l'insultant méthodiquement, sans cris inutiles, entre ses dents :

— Salaud, ordure, fils de pute ! Aller sur la mer (il disait la « mé ») alors que tu n'en as pas besoin. Tiens, voilà pour ta sale gueule ! — et vlan ! — Aller sur la mer alors que tu n'en as pas besoin pour te nourrir, et ta chienne de famille, et tes bon Dieu d'enfants. Tiens ! — vlan et vlan ! — Qu'est-ce que tu fous là, et il faut encore qu'on te repêche !

En y repensant, c'était du point de vue médical sans doute le meilleur traitement pour combattre le froid et réactiver la circulation, une sorte de friction. Mais c'est moi qui ai pris une leçon ; en ce monde, les amateurs sont mal vus. Ils se doivent d'être particulièrement prudents et modestes.

M'étant trouvé plus tard dans un groupe d'aviation, j'avais eu l'innocence de citer le nom d'un écrivain célèbre qui avait appartenu à ce groupe, et que, à vingt ans, beaucoup d'entre nous ont chéri. La réponse de ses camarades, sans les coups, fut du même ordre que celle du patron de la bisquine. Quand on est un « vrai », on n'écrit pas sur ce qu'on fait. D'abord parce que arriver à écrire sur l'aviation (ou la mer, ou la médecine, ou l'archéologie, peu importe !) montre bien qu'on sait conserver une distance par rapport à son métier, à ses gestes, à soi-même. Or un bon aviateur pilote comme un pommier produit ses pommes. Il ne se « voit » pas piloter. S'il en est capable (et surtout avec talent ou même génie), c'est qu'il est toujours un peu un voyeur, un truqueur, disons le mot, un amateur. Et puis, il y a des choses de qualité qu'on sent mais qu'on ne dit pas, qu'on ne dit surtout pas aux autres, qui ne sont pas du métier, bref, dont on ne fait pas commerce. Ce n'est pas seulement une réaction de jalousie personnelle et d'esprit corporatif, mais aussi, un peu, de pudeur.

Depuis plus de vingt ans, je fais du bateau comme un professionnel, mais avec plaisir. Je le dis. J'ai navigué un peu partout, en Manche, dans l'Atlantique, en mer du Nord, en Méditerranée, dans l'océan Indien, dans le Pacifique. J'ai été sur des mouille-culs de cinq mètres de long non pontés, des goélettes, des chalutiers. Je vais le raconter. Parce que je ne suis qu'un amateur, et pour les autres amateurs seulement.

Nous qui aimons souvent partir et aussi souvent arriver. Nous qui trouvons 360° d'horizon marin sous le ciel le plus riche paysage du monde, tour à tour hostile et bienveillant, connu et imprévisible, radieux de la paix des temples grecs et déchiré en un enfer dément, passant par toutes les couleurs du prisme et de l'âme, et qui, comme une âme, respire. Nous qui avons tenté d'accorder notre souffle à celui de la mer en ne lui demandant rien d'autre que de pouvoir, de temps en temps, vivre et survivre à son rythme. Nous qui aimons le chuintement de l'eau sous l'étrave, et la courbure de la voile travaillant au mieux de sa forme, et le sillage que la mer de l'arrière accourt noyer inlassablement. Nous qui sommes les derniers, confondant l'espace et le temps, à compter sur cette planète les distances en jours. Nous qui ne recherchons ni l'inconfort, ni la fatigue, ni le risque, mais les avons acceptés comme étant de notre lot, avec le sel dans les yeux et sur les lèvres, le vent qui refuse, l'aube qui ne se montre pas encore. Nous qui n'avons rien à gagner, rien à prouver, rien à battre, oui, nous devons être prudents, et pudiques, et discrets. Il faut toujours l'être quand on aime.

Modestes, cela va de soi. Quand on a accompli quelque chose d'heureux en mer, petite croisière ou grand raid, cap Horn ou îles d'Hyères, c'est d'abord parce qu'on a évité de faire ce qu'il ne fallait pas faire. C'est ensuite parce qu'on a fait ce qu'il fallait faire. C'est enfin parce que la mer l'a permis.

1

PARTIR

On y pense, à ce départ, depuis onze mois. Très exactement depuis le moment où on a jeté l'ancre et tourné l'amarre pour la dernière fois à la fin de la croisière de l'année dernière. Pour ceux qui habitent près de la mer, voient leur bateau de leur fenêtre et peuvent bricoler les week-ends, partir n'a pas la même magie et ne pose pas les mêmes problèmes. Mais pour ceux, nombreux, qui ont un bateau au loin ou font une croisière une ou deux fois par an, c'est un automne, un hiver, un printemps qui se passent dans l'espérance du départ, à le prévoir, le combiner, le chérir. En voiture, dans un embouteillage, on pense au gréement qu'il serait agréable de compléter par une trinquette. En attendant l'autobus, à l'annexe qui est trop lourde, et on se demande si, décidément, il ne faut pas passer au dinghy gonflable. En se lavant les dents, aux avantages comparés de la CQR et de l'ancre classique à jas.

Le soir, pendant qu'au-dehors meurent les feuilles, tombe la neige ou éclatent les bourgeons des haies, on prend les cartes marines du futur voyage et le volume correspondant des instructions nautiques, et on « compute », on imagine, on rêve... non, on vit son futur voyage ! J'affirme qu'il n'y a pas une œuvre littéraire ou artistique, pas un roman ou un tableau, pas un film ou un opéra qui aient la puissance d'évocation des productions de l'Institut hydrographique national (I. H. N.).

Les cartes marines

Pour un profane, elles peuvent sembler assez austères : beaucoup de blanc, quelques traits noirs, diverses indications, chiffrées ou non, difficilement lisibles. Mais de même que la joie du Grand Œuvre n'est pas donnée à l'alchimiste sans l'ascèse qui y conduit, de même le monde fabuleux des cartes marines ne s'ouvre que peu à peu au novice. Pour ces mystères, comme pour d'autres, il faut patience, foi, et de très bons yeux (ou une loupe).

Au premier coup d'œil, le tracé de côte ne paraît qu'une simple ligne. Mais, pour l'initié qui a consulté et travaillé la légende, c'est chaque fois un paysage nouveau qui apparaît, comme s'il était monté progressivement de l'horizon. Il sait qu'entre ces deux caps rocheux, dont l'un est couvert de pins, il trouvera une plage de sable traversée par un ruisseau où tournait un moulin de marée (ruiné). Il lit que la végétation est ici de palétuviers, là de buissons épineux, là qu'une touffe de cocotiers est visible à dix milles. Il voit qu'il y avait ici une église, là une usine, là un embarcadère désaffecté. L'intérieur du pays s'ouvre à lui entre ses sommets qui sont des amers remarquables. Tout est marqué, noté de petits signes dont chacun parle à l'entendement ou à l'âme : falaise et pétrochimie, terrain d'aviation et vergers, fort et vasières, éoliennes et mosquées canaux, cheminées, madrépores... Parfois la littérature devient plus explicite et prend les charmes d'une gravure romantique : « aiguade », « eau douce abondante », mais aussi « par vent du secteur est, la mer brise fortement sur ces bancs ». La mer elle-même, le blanc de la carte, et jusqu'à 5 000 mètres de fond, n'est jamais muette. Si d'aventure l'envie vous prenait d'enduire de suif le plomb de votre sonde, vous savez qu'ici vous rapporteriez du gravier et là du corail. Tiens, là, un haut-fond, il doit y avoir du poisson. Voici d'ailleurs, à côté, une madrague. Vous savez que là des algues flottent, et ici que l'eau (en 1910) se décolorait. Quant aux épaves, ce sont dix signes différents qui les signalent, chacun évocateur d'une fortune de mer.

Pour la nuit, un autre monde, quasi magique, s'ouvre à vous, celui des feux. Vous pouvez déjà compter les éclats et la période de celui qui marque la passe. Vous ne le confondez pas avec cet autre, scintillant, ni avec cet autre, à occultation. Un feu vert (Dieu, que le feu vert est beau la nuit !) vous montre l'entrée du port. Un secteur rouge contrôle ce danger qu'il faut parer.

Déjà vous pensez : là, il faudra que je passe entre ces deux cailloux. Si j'arrive de jour, pas de problème. Il faudra laisser de l'eau, et avec une brise solaire, je serai portant. Ou au contraire, est-ce que ce n'est pas plus facile de nuit en me tirant sur le phare (f.b. 2 e. 12 s 23 m vis. 8 m) ? Là, je pourrais mouiller. A l'aube, ce petit monastère, sur la pointe nord, doit être bien joli. Non, dommage, la côte est trop accore, et si ça se lève du sud-ouest, il doit y avoir un sacré clapot. Mais là, sous cette vigie, ça a l'air mieux abrité, fonds sains. Il y a des maisons. Dans ce pays, elles doivent être toutes blanches. En mettant le canot à l'eau, on pourra peut-être aller prendre le petit déjeuner à terre...

Parfois, la réalité, quelques mois plus tard, apporte un cruel démenti aux espérances rêvées. Pour aller visiter Agrigente, j'ai mouillé à Porto Empedocle, sur la côte sud de la Sicile. Agrigente et Porto Empedocle ! On pouvait difficilement trouver plus évocateur des charmes de la Grande Grèce. Je nous voyais déjà, bateau cul-à-quai et nous attablés en face « sous le pampre où la vigne s'allie », devant une fiasque de vin rouge à 16°. Ce fut intenable. Le port entier est consacré à l'exploitation et à l'embarquement des dérivés du soufre. Le bruit, la puanteur, la fumée rouge, rien ne manquait à la définition de l'enfer industriel. A cause des cargos (qui allaient venir, ou partir, ou étaient là, ou n'étaient pas là, qui manœuvraient, qui ne manœuvraient pas, etc.), on nous fit changer quatre fois de place. Nous nous sommes retrouvés, malheureux « plaisanciers » à couple d'une marie-salope dans le coin où aboutissait l'égout de la ville. Et encore, par bienveillance spéciale... Non, je n'avais pas bien lu la carte marine.

Mais parfois, quelle joie, quel bonheur de voir la réalité se conformer très exactement à la plus admirable des fictions ! Vingt fois, cent fois, j'ai choisi des mouillages forains en Méditerranée, pour des motifs touristiques aussi bien que nautiques, d'après le dessin de la carte et ses signes. Une fois, j'ai mouillé sur la côte la plus belle de Méditerranée (la côte ouest du golfe d'Antalya, en Turquie, face à Chypre), dans le plus beau site marin qu'on puisse imaginer en cette partie du monde (La Bauchamp à Chausey ou Bora Bora dans le Pacifique, c'est autre chose). Et cela grâce à la carte, d'après la carte. Une baie arrondie, à demi fermée par un promontoire abrupt où s'élevaient les ruines d'un temple au milieu de pins parasols portant leur ombre jusqu'en mer, au pied de la falaise. Le fond de la baie, sable, puis roseaux, puis platanes, cyprès, oliviers et peupliers, au milieu d'autres ruines dispersées, stèles, colonnes, dalles. Un aqueduc courbe courant dans la végétation. Pas une maison, pas un humain. Des montagnes au loin, fermant le paysage. Au fond de la baie, entre l'aqueduc et le temple, le port antique, à peu près intact, où nous avons jeté l'ancre. Le bruit des cigales, des feuillages et de la mer frisant sur les restes du môle.

Contrairement à ce que certains croient, la poésie n'est pas une sorte de rêverie vague et indéterminée. La poésie c'est, sextant, télémètre, sonde et compas en main, par des signes symboliques, recomposer un monde aussi réel que la roche et le phare, que la grève et le cap ; c'est du travail d'ingénieur hydrographe de première classe. Et si les cartes marines portent encore, même dans leurs dernières éditions, les mentions désuètes « Par ordre de S. M. Louis-Philippe Ier, Roi des Français » ou plus souvent « Par ordre de S. M. l'Empereur » ou encore « D'après les derniers levés de l'Amirauté anglaise (1853) » ; et si elles donnent le nom émouvant des officiers de l'expédition hydrographique (Beautemps, Baupré...) et celui, charmant, des bâtiments *(la Railleuse, la Boudeuse...)* ; et si, même aujourd'hui, elles avouent encore parfois leurs hésitations,

« la côte aurait reculé depuis cette date », ou « l'île d'Aldabra serait cinq milles plus à l'est » ; c'est pour que celui qui a tenté de pénétrer leurs secrets sache que le siècle compte peu, que la mer est longue et que subsiste encore, pour cinq milles, la part du mystère.

Quant aux *Pilot Charts* américaines, elles se lisent comme un roman, ou plutôt comme une bande dessinée.

Il y en a une pour chaque mois de l'année, et, de mois en mois, on peut voir monter ou mourir l'alizé d'après les roses faites de flèches plus ou moins longues et barbelées indiquant le sens et la force des vents et qui sont comme des fleurs bleues piquées au long des Tropiques que soufflerait la dame champêtre du Petit Larousse. Les courants, eux, sont en vert, et leur ronde dans les océans se gonfle au rythme des saisons. La température de l'eau, la pression atmosphérique, la déclinaison magnétique et ses variations, le pourcentage des coups de vent et de calmes, le trajet de quelques typhons redoutables aux prénoms féminins particulièrement charmeurs, celui des principales routes de cargos, le stationnement des vaisseaux météorologiques, les aurores boréales ou autres merveilles de la nature... Bref, tout ce qui va faire la couleur des jours du navigateur, le temps, l'eau, les rencontres, le vent, la mer, tout est là, sur la carte, raconté en couleurs diverses. Pour les enfants sages, au dos, il y a une histoire de navigation tirée des annales de la marine, très morale, à l'usage des distraits, présomptueux ou incompétents éventuels.

Choisissons notre mois, notre route, et embarquons, embarquons vite pour traverser l'Atlantique tout en restant dans notre fauteuil au coin du feu ou à l'ombre du grand arbre du jardin. Et quand nous le traverserons vraiment, chaque vague, chaque nuage sera déjà un peu familier, avec un visage qui nous dit quelque chose, grâce aux petits signes verts, bleus, noirs ou rouges de la carte et à ses lignes subtiles, grâce au portrait des cartes contemplé à l'avance ; comme autrefois les princes mariés par procuration pouvaient à l'avance contempler le portrait de leur future épouse apporté par un ambassadeur extraordinaire et plénipotentiaire. Pour notre bonheur. Car si le plaisir de découvrir et de connaître est grand, il n'en est pas de plus fort que celui de reconnaître.

Les Instructions nautiques

La lecture passionnée, le soir, sous la lampe, des cartes marines en s'imaginant sa future croisière, doit comporter obligatoirement, en complément et antidote, celle des *Instructions nautiques*. Si l'on oublie que ces précieux volumes ne sont absolument pas destinés aux voiliers dits de plaisance, mais aux cargos moyens, on aura le contrepoison nécessaire aux envoûtements des cartes.

Je ne connais pas œuvre plus salutaire de méfiance et de démystification.

Le souci antipoétique y est poussé à un tel point qu'on pourrait lire par exemple, à propos des sites les plus fameux :

o *Venise. Dératisation — Hôpital de 230 lits — Consulat général de France.*

○ *Syracuse. Une cale de radoub — Possibilités en mazout limitées — Malaria.*
○ *Eleusis (Lefsina). Les cheminées de la cimenterie moderne constituent un amer remarquable. Un alignement commode est celui (dans le 183°) d'un pylône de télévision par le château d'eau de la savonnerie.*
○ *Papeete. Les fonds d'entrée ne sont pas sûrs — Gouverner au 227° en prenant la caserne de la Douane par le musoir de l'appontement des pétroliers, auquel on donnera un large tour.*
○ *Rio de Janeiro. La visibilité étant d'ordinaire très réduite par la pluie, ou s'il fait beau, par une brume de beau temps, etc.*
○ *Naples. De mars à octobre, le temps généralement bouché ne permettant pas, etc.*

Le pessimisme des *Instructions nautiques* est sans limites. Ce ne sont que mouillages « d'où il convient de dérader d'urgence en cas de saute de vent du secteur nord à sud en passant par l'est », fonds « de mauvaise tenue où il est prudent d'affourcher », passages « recommandables seulement aux pratiques ». On se demande qui ose encore aller en mer, et pour son plaisir. Pour décourager le navigateur potentiel, les auteurs jouent de la menace, mais aussi du doute, ce qui est pire.

40. ... Des travaux d'aménagement sont en cours qui gênent considérablement l'entrée du bassin à flot. La fin des travaux est prévue pour 1972.

Dans le supplément de mise à jour, on peut lire seulement :

Bâtonner lignes 42 et 43.

C'est le laconique incertain. Il existe aussi la technique de l'ésotérisme géométrique.

Un môle orienté sud-est nord-ouest est prolongé vers le sud par un brise-lames coudé nord nord-est, qui porte un feu provisoire. Une jetée sud, normale à l'estacade nord, est reliée au quai ouest à l'enracinement du musoir de la digue sud-ouest.

Un des sommets de l'humour noir est atteint par les « Vues de côtes », destinées en principe à éclairer le navigateur qui ne serait pas sûr de son atterrissage, en fait à le démoraliser et susciter à bord les plus fâcheuses interrogations sur ses capacités. Elles sont de deux types, valables pour tous océans.

Type A. Vue des îles Amirantes, avec l'îlot Cerf dans le 312°.

La même vue, comme je l'ai dit, est pratiquement valable pour les Aléoutiennes (avec l'îlot Kowarkalsky dans le 189°), l'archipel des Glénans ou les passes de Bonifacio.

Type B. Vue de Basse-Terre, à la Guadeloupe, avec le sommet de la Soufrière dans le 76°.

La même vue s'applique très bien à Tahiti (avec dans le 113° le mont Okitapu), à l'île principale des Galápagos, à la Réunion dans le 246°, ou, pourquoi pas, à l'Irlande à quelque distance, ou aux Lofoten dans un minimum de brouillard. (Peut-être d'ailleurs aussi à la chaîne des Plombs dans le Cantal, je n'ai pas vérifié.)

Mais le chef-d'œuvre, c'est la définition péremptoire du nuage. On la trouve dans le volume *Méditerranée occidentale,* au chapitre « Corse ». Il est mentionné, à propos du Monte Cinto (2 700 m) que « par fort *libeccio,* un nuage en forme d'os de seiche se tient au vent du sommet. Ceci montre bien qu'un nuage n'est que de l'air rendu visible ».

Amis marins, quand vous vous trouvez perdus dans la purée de pois la plus dense, allant jusqu'à vous mouiller les lobes d'oreilles pour vous orienter à la brise (c'est là où la peau est la plus fine, et la sensation de fraîcheur à l'un des deux lobes devrait vous dire le sens du vent...) ; ou encore, quand vous ruisselez sous la pluie battante, grains après grains, que vous ne sentez plus vos doigts, et que vous n'apercevez même plus le nez de votre bateau, dites-vous, dites-vous seulement : « L'air est particulièrement visible, ce soir. » C'est scientifique, et c'est très bon pour le moral.

Le chantier

Mais tout ceci est littérature. C'est du bateau lui-même que viendront les véritables épreuves qui forgeront l'âme du navigateur, la plus difficile n'étant pas de naviguer, mais d'avoir un bateau prêt à naviguer.

Pendant l'hiver, on a écrit une ou deux fois au chantier naval pour lui rappeler quelques détails techniques, mais surtout pour ne pas se faire oublier. On lui a annoncé que le bateau devrait être en état d'appareiller au plus tard le 17 juillet (en prenant une marge de sécurité d'au moins huit jours), puis, par télégramme, qu'on arrivera soi-même le 26... Le cœur battant, on arrive. L'horreur commence.

Le bateau, objet de tous vos rêves, est abandonné sous une bâche moisie. En onze mois, il s'est transformé en épave, et c'est à peine si on le reconnaît au milieu d'autres épaves. Le patron du chantier n'est pas là (il a dû aller en ville), son adjoint débordé, ses ouvriers ne connaissent pas. Le moteur, démonté, est ailleurs (en ville aussi ?). Les mâts dévernis devraient être dans le hangar désaffecté, quelqu'un croit l'avoir entendu dire. La pompe de cale (il fallait changer le clapet, on l'a écrit deux fois) a disparu, en ribote sans doute, avec quelques autres objets aussi nécessaires et aussi fugueurs. D'ailleurs, monsieur, étiez-vous sûr d'avoir vraiment une pompe de cale ?

Ce n'est pas dans l'ouragan qu'on peut juger le mieux un capitaine courageux. C'est ici, maintenant. « Il est midi, désolé, le chantier ferme ; repassez vers trois heures. » Rien n'a été fait sur le bateau. La ville est loin. Une chaleur moite vous écrase. Vingt questions, sans réponse, vous assaillent. Où coucher ce soir ? Où sont les dames de nage de l'annexe ? Le vent soulève des petits tourbillons de poussière dérisoires, ou, suivant les climats et les lieux, une fine pluie ironiquement vous pénètre dans le cou. Normalement, c'est à ce moment qu'on s'aperçoit qu'on a perdu ses clés ou oublié son permis de conduire et que se manifeste physiquement un aphte, un furoncle, un cor au pied ou un orgelet. C'est le moment d'être un capitaine courageux. Ney dans la retraite et Murat dans l'attaque. Churchill (« nous les battrons à coups de bouteilles vides ») et de Gaulle (« nous avons perdu une bataille, pas la guerre »). Nelson collant la longue-vue à son œil mort pour ne pas voir les signaux d'abandon, et Cambronne à Waterloo refusant de se rendre, comme chacun sait, tout en survivant fort bien d'ailleurs, ce qu'on oublie.

N'aimant pas beaucoup les ronds dans l'eau, j'ai laissé chaque année mon bateau pendant dix ans dans un port différent : en Sardaigne, en Grèce, dans l'Adriatique, en Tunisie. Malgré toutes les recommandations et objurgations, jamais je n'ai pu le retrouver en état à la date demandée et, chaque fois, le retrouver a été un spectacle à fendre le cœur, puis une longue lutte sournoise pour obliger le chantier à s'en occuper. Le pire a été la Tunisie.

Séduit par des amis qui m'avaient parlé d'un nouveau port de yachts à Sidi-Bou-Saïd, lieu délicieux, gens charmants, position géographique unique au centre de la Méditerranée, m'y voici jetant l'ancre pour hiverner.

D'abord, les architectes qui construisent des ports de yachts ne sont jamais, semble-t-il, des marins. Ils dessinent une jetée dans un bel endroit, un yacht-club avec un bar, et voilà ! Ainsi un président de yacht-club pourra être élu et quelques dériveurs barboter à l'aise.

L'emplacement de ces ports modernes et autres marinas a en outre été d'habitude choisi par l'architecte en fonction de seuls impératifs hôteliers, municipaux ou touristiques : avec une plage immédiatement à côté pour les baigneurs. Le résultat est que l'ensablement est quasi automatique et que, le port à peine terminé, il faut commencer à draguer. A six heures du matin, quand on essaye de récupérer après une longue traversée, le fonctionnement d'une drague n'est pas un bruit proprement berceur. D'ailleurs, pourquoi s'entêter à vouloir dormir ? Il faudra à 7 heures 15 minutes changer de mouillage pour laisser la place à la drague ou à quelque marie-salope.

Les architectes ne savent pas que ce dont a besoin un marin c'est, pour l'escale, une douche, un petit déjeuner, un lit où pouvoir dormir les bras en croix ; et, pour hiverner, des corps de métier, encore des corps de métier ! Rien de tout cela à Sidi-Bou-Saïd. Je dus conduire mon bateau par le chenal de la Goulette jusqu'au fin fond du vieux port de Tunis où subsistait un artisan italien dans les restes de ce qui avait peut-être été un chantier.

Le décor semblait avoir été composé par Marcel Carné à la grande époque pessimiste du cinéma français (1930-1938), revu par un néo-réaliste italien d'après-guerre *(le Voleur de bicyclette)* et mis au goût du jour par un sociologue désenchanté spécialisé dans le Tiers Monde. Au loin des hangars et entrepôts lépreux, derniers bâtiments d'un port de commerce déjà désaffecté, un terrain vague servant de décharge publique. Une lagune où la brise de mer accumulait patiemment toutes immondices flottant dans le golfe. Une baraque en planches. Plusieurs carcasses de bateaux locaux flottant à l'envers, entre deux eaux comme des poissons crevés, ventres ouverts. Un treuil à main.

Le maître des lieux, M. Albertini, était le seul Italien à être resté en ces parages. Il était aussi le seul charpentier de marine. Il avait, dans ses activités professionnelles, le goût ou le dégoût rapide, dans ses relations personnelles, la préférence fantasque. Il fallait l'admirer et lui plaire. C'était la Callas du rabot, la Tebaldi de la ponceuse. S'il ne se sentait pas inspiré, mieux valait ne pas insister.

Il donnait un coup de marteau, puis jetait l'outil d'un air écœuré en nous prenant à témoin de son incapacité à le manier correctement.

— Vous voyez, je ne suis plus bon à rien, je suis un débris, il y a longtemps que j'aurais dû rentrer en Sicile. La main, je n'ai plus la main, c'est tout.

— Comment osez-vous dire cela, monsieur Albertini ! C'est le plus beau coup de marteau que nous ayons pu admirer depuis des mois. Souple dans le poignet, élégant dans le balancé, ferme à la frappe. Et quel son ! Un cristal ! Une *colorature !* Un *legato !* Bis, bis, monsieur Albertini ! Restez, restez à Tunis cette saison encore...

Avec mon copropriétaire et ami, nous avions mis au point la tactique dite du remords permanent. Chaque jour, pendant dix jours, nous étions là à ses côtés. S'il allait déjeuner en ville dans un bistrot, nous prenions une table à côté de la sienne. S'il faisait la sieste dans son atelier, telles deux figures du Remords et du Devoir, nous étions debout au pied de sa couche. Jamais une plainte de notre part. Non, seulement un beau regard triste et une politesse exquise. Mais ne jamais non plus laisser au maître du chantier une seconde de répit !

L'idée, née d'une longue expérience, est que tout patron de chantier prenant plus d'engagements qu'il n'en peut tenir, tous à peu près pour la même date et tous urgents, seuls sont normalement servis les clients habitant sur place, et encore. Il faut donc par votre présence permanente dans ses pattes lui causer plus d'emmerdements qu'il ne craint d'en avoir en faisant attendre encore un peu plus un autre client. Ceci, toutefois, sans jamais risquer l'incident et la rupture.

Au sixième jour de notre garde à vue du malheureux Albertini, nous faillîmes ainsi tout perdre. Il avait promis pour l'après-midi de tirer notre bateau à terre pour commencer les travaux.

On conçoit notre émotion. Alors que déjà nous nous affairions à bord avec les haussières, un gros bonnet se présente et s'étonne douloureusement que son christ-craft ne soit pas encore prêt. Nous réagissons. M. Albertini balance. Le gros bonnet qui, Allah merci !, ne connaît pas la stratégie de l'emmerdement marginal maximum et du remords vivant, hausse le ton, remarque que le christ-craft devrait être prêt depuis exactement dix-sept jours et constate que M. Albertini n'a pas de parole. Celui-ci, insulté devant des étrangers, lui fait savoir que, puisqu'il n'a pas de parole, il ne lui parlera plus. Ouf, sauvés pour ce jour ! On a tiré le bateau à terre. Il faudra encore huit jours de présence et de diplomatie pour pouvoir repartir avec un bateau qui flottait tout juste, qui avait des mâts et des voiles, sans plus, vers l'avant-port de Carthage.

Il est vrai qu'après deux jours de mer vers les îles Égates, on s'apercevra que les waters refusent tout service ; vous me direz, il y a les haubans. La batterie sera définitivement à plat, parce que la dynamo est montée à l'envers ; soit, cela nous forcera à d'admirables manœuvres à la voile dans les ports qui nous attireront le respect des badauds. Au large de la Sicile, je perdrai tout simplement mon arbre d'hélice. J'avais un peu de barre, et il est par chance retenu par le safran. Petite plongée dans la mer par bonne houle pour aller le récupérer et le renfoncer dans son logement. Oui, mais penserez-vous, et vous aurez raison, nous serons conduits ainsi à utiliser nos différentes escales à la recherche d'un mécanicien disponible et compétent, ce qui constitue une occasion unique de connaître de l'intérieur un pays, ses mœurs, ses habitants, et non pas comme un vulgaire touriste. Officieux interrogé par hasard et ayant un beau-frère qui connaîtrait l'ami d'un forgeron, qui se transforme en guide-protecteur ; courses nocturnes en vespas ; promenades à pied sous le soleil ; rallye-paper dans les quartiers populeux pour retrouver un magasin mythique qui a changé d'adresse ; immixtion imprévue dans un déjeuner de famille à l'heure des antipasti... Oui, qui peut se vanter comme nous d'avoir connu la Méditerranée des arrière-boutiques et des petits cousins par alliance, de Chypre aux Baléares, et ceci grâce à un clapet de pompe défaillant ou un démarreur non coopératif ? Qui, comme nous, a été en Turquie jusqu'à se rapprocher d'une côte particulièrement sauvage à l'endroit repéré sur la carte où une route la longeait, mouiller, prendre l'annexe, débarquer, s'installer sur la route, détourner un camion (pas le bon voltage), puis une Fiat (bon voltage), embarquer le chauffeur avec les batteries démontées, leur faire passer les rouleaux en voltige (tableau digne des expéditions dans les mers du

Sud de Bougainville ou La Pérouse), faire redémarrer ainsi notre moteur, et verre général de l'amitié ? Qui peut s'en vanter comme nous ? Personne. Je ne conseille d'ailleurs à personne, absolument, de laisser son bateau chaque année dans un chantier différent.

Les courses

Quand le bateau flotte à peu près, une autre épreuve commence : l'armer. C'est le bateau qui devient lui-même un chantier. L'équipage se retrouve de temps en temps, hagard, démoralisé, pour dresser un bilan, établir des listes, répartir les courses. Chacun a l'impression que l'autre en fait moins. Celui qui a été chargé de trouver des bouteilles de butane, qui a constaté après deux supermarchés, dont l'un à cinq kilomètres de la ville, et trois grands magasins à l'heure de pointe qu'aucune marque locale ne s'adapte au cardan du réchaud et qui a dû finalement arracher un garagiste à sa sieste pour lui faire remplir les vieilles bouteilles, celui-là trouve que son ami qui s'était porté volontaire pour les équipements de pêche a un peu trop la vie douce. Mais les passions ne se manifestent vraiment qu'avec les questions ménagères.

— Il faut pour l'homme de quart un thermos avec du thé.

— Pas du thé, du café.

— Pas du café ; le café endort tout de suite et réveille trois heures et demie après. Du bouillon. Ou alors, trois thermos.

— Absurde. Transigeons à deux thermos, et achetons des potages en sachets.

— J'ai prévu dix rouleaux de papier-water.

— Dramatiquement insuffisant. S'il y a une chose qui n'est pas tolérable à bord, c'est d'être obligé de se rationner en papier-water. Mettez vingt rouleaux. Et ne lésinons pas non plus sur le vin rouge.

— Pourrait-on avoir du vin blanc ?

— Il ne tient pas à la mer.

— Il n'y a que lui qui tient à la mer.

— Le rosé est un poison violent. Que personne, s'il vous plaît, n'en propose !

— On prendra ce qu'on trouvera. Mais il faut de la confiture, des réserves de confiture.

— C'est mal commode, ça coule et ça poisse. D'ailleurs on n'aura rapidement plus de pain.

— Il vaut mieux du miel.

— Dur ou liquide ?

— Je suis pour les biscuits.

— Ne lésinons pas sur le chocolat.

— Le cassoulet en boîte est utile.

— Le cassoulet en boîte est détestable.

— Le cassoulet en boîte...

— Et la pharmacie ?

— Et des fines herbes ?

— Il n'y a pas de friteuse.

— Ça n'a rien à voir avec les fines herbes.

— Ni avec la pharmacie.

— Mais il y a une cocotte minute. Achetons des pommes de terre.

— C'est pas la saison. Achetons des tomates.

— Tu as déjà vu des tomates après trois jours de mer ?

— Dans la pharmacie, il faut absolument de l'élixir parégorique.

— Il y a combien de démanilleurs à bord ?

— Moi, c'est le contraire. Je donne à qui en veut l'élixir parégorique. Il faut des pruneaux en bocal.

— Je connais une bonne pommade allemande pour les furoncles. Elle a le seul inconvénient d'être couleur caca.

— Et les petits fromages en boîte ? Ça, c'est fondamental.

— Je ne sais plus s'il y a des fusées à bord.

— On a oublié l'huile et le vinaigre.

— Quelqu'un a-t-il vu la lampe-tempête ?

Une bonne lampe-tempête classique est indispensable. D'abord pour l'éclairage, comme feu de port par exemple, cela évite de tirer sur les batteries. Et puis, pour la sympathie. Elle donne dans le cockpit, accrochée à la bôme, une lumière chaude et dansante. Penser seulement à mettre le pétrole dans une bouteille, avec étiquette indécollable, et surtout de forme distincte, si on ne veut pas un jour le retrouver dans la salade.

En plein milieu d'une transatlantique, je cherche une nuit la bouteille d'eau minérale qui doit toujours être à portée de la main du navigateur. Dans un demi-sommeil, je la prends, décapsule, et me jette une grande lampée dans l'estomac. Mon rugissement a réveillé en sursaut quelques monstres marins. C'était le détergent pour la vaisselle. Même forme de bouteille.

Le départ

Il y a un moment où il faut savoir dire « assez ». (Je signale que c'est le sens des trois lettres JHV, que les Hébreux interprétaient en JAHVE et nous en JEHOVAH, nom du Dieu de la Genèse.) Un bateau n'est jamais tout à fait prêt. Une liste d'armement, jamais parfaite. Un ouvrier électricien traîne encore à bord pour vérifier un circuit. On n'a pas trouvé de manivelle pour le moteur, ni de saucisses en boîte pour aller avec les lentilles. Chacun s'est plus ou moins installé dans cette vie hybride, mi à bord, mi à terre, au rythme des courses et des bricolages. Le départ, retardé plusieurs fois, tend à n'être plus qu'une vague justification mythique. Cela pourrait continuer des jours encore. Il faut savoir dire « assez » et décider : « On part demain à 10 h 30. Voilà. C'est tout. »

On ne partira pas à 10 h 30, parce qu'on n'aura

trouvé l'ouvre-boîte indispensable qu'à 14 heures, certes. Mais on partira quand même dans la journée, à 17 h 15. Le bateau disparaît sous les sacs de voile. Les colis de vivres s'entassent sur les couchettes avec les bagages de chacun, qu'aucun n'a rangés. Il semble impossible de caser une manille, encore moins de la retrouver.

Que cinq ou six personnes puissent s'insérer, coucher et vivre dans ce bric-à-brac où on peut à peine circuler, paraît simplement fantasmagorique. Cela ne fait rien, il faut partir. Voilà les fruits et les œufs, dernières emplettes ; à fourrer dans le seau du bord, sur la valise de la dame invitée, peu importe. Il faut partir. Pour qui est cet équipet, à qui est cette couchette, où est ma brosse à dents ? Peu importe, on verra plus tard, en mer, il faut partir. Une longue expérience montre que tout finit par trouver sa place, et qu'il y a beaucoup plus de place qu'on ne pense. Tout se tasse, tout se range peu à peu, naturellement. Dans quelques jours, le bateau paraîtra presque vide, chacun y ayant ses habitudes. L'important maintenant est de s'arracher au quai, à la terre.

Depuis dix minutes, on ne parle plus, ou à mi-voix, brièvement. La fatigue sans doute, mais aussi une sorte de crainte déférente, comme lors d'une cérémonie religieuse. Doucement, brièvement, le skipper peut faire part de quelques instructions.

— Tu rentres une des deux haussières à terre. L'autre, en rappel, et tu laisseras filer. D'abord enlever le traversier. On va partir sur le foc, en se tirant sur l'ancre. Dès que c'est dérapé, l'artimon pour nous faire lofer un peu. Attention aux deux voisins, et à cet autre devant, sur son tangon. Toi, tu débordes.

Un officieux sur le quai renvoie l'haussière. L'autre file. On déborde. Le bateau lentement se tire sur l'avant, puis s'arrête. Le guindeau est bloqué (toujours). Il faut reprendre la chaîne à la main. Saleté de vase. Ça va, ça ne va plus. L'ancre ne vient pas. Le bateau de gauche a mis son mouillage dessus. Pas de cris, surtout pas. (On a le droit de jurer un peu entre ses dents.) L'artimon. On lofe. On tourne autour du mouillage. Attention à déborder à l'arrière. Attention, il y a un câble dans l'eau. Ça y est, c'est clair devant. Etablir l'artimon. Borde le foc, comme ça. L'ancre est à bord. On part.

Moment religieux. Chacun, naturellement, se tait. Si pendant vingt minutes il a fallu se battre avec des mouillages enchevêtrés, c'était la dernière épreuve, c'est évident. Chut. Rentrer les défenses. Hisser la grand-voile. Voici les feux de sortie, le rouge, le vert. Sur le musoir, des pêcheurs lèvent un sourcil ; ils ont peur qu'on dérange leurs bouchons. Ne pas déranger les bouchons. Des touristes font de grands « au revoir » de la main. Ne pas répondre aux grands « au revoir » ou si, discrètement. Prudence. Discrétion. Pas de bruit. On part.

Pour qui va en mer, c'est la règle. Trop d'impétuosité, de forfanterie, et la punition sera sévère, rapide. Qui a oublié qu'un bateau sans erre se couche sous la risée et dérive latéralement, pour avoir bordé trop tôt et trop impérativement, se verra empêtré dans le gréement de son voisin, la bôme dans les haubans, maudit et ridiculisé. Non, l'écoute à la main, doucement, très doucement prendre le vent, arrondir la toile. Qui aura voulu donner aux amis du quai une trop belle image déchirera son spi sous la rafale à contre que gardent pour dernier adieu toute baie, tout abri quand on en sort. Qui aura cru, en ce moment si attendu, pouvoir chanter, gueuler, respirer à pleins poumons, triompher, ne dégagera pas sa CQR du corps-mort du voisin [1] ou ira s'échouer, tout penaud, sur le banc rocheux bien connu des pédalos et des baigneurs, qui frange la passe ; trop connu, si connu qu'on n'y pensait plus dans l'euphorie des amarres larguées. Il en est des exemples fameux.

Non, pour le départ, silence, respect. Les

1. Dois-je rappeler qu'un bout frappé sur le diamant d'une ancre classique permet de dégager celle-ci pratiquement en toutes circonstances ? Inutile, tout marin le sait déjà (et ne le fait jamais) !

paroles indispensables, rien d'autre. « Tu peux rentrer le yankee. Tu mets le génois, sur l'autre bord. Choque un peu la grand-voile. » Le bateau prend sa gîte. Commence alors la chanson fredonnée des filets d'eau le long de la coque. On est parti. On peut commencer à ranger.

Ranger

Le poète a écrit : « Femme, vous rangeriez Dieu même. » Qu'eût-il écrit si au lieu d'être Péguy et d'avoir eu affaire à des paysannes beauceronnes, il avait eu affaire à des marins ! A bord, on passe sa vie à ranger. Tout ce qui entre dans un bateau est théoriquement indispensable et doit pouvoir être atteint en un clin d'œil, de jour ou de nuit, qu'il pleuve ou qu'il vente. On imagine la pagaille que provoquerait un tel principe s'il était strictement appliqué. La vie ne serait plus possible.

Ranger consiste donc à se trouver sans cesse des petites cachettes personnelles pour les objets auxquels on tient, à éliminer en le tassant, en le bourrant, en le perdant dans les coins obscurs ce qui est moins indispensable que le reste, à assigner fermement des places à des choses trop grandes pour ces places (elles y viendront, elles y viendront), à trier, à malaxer, à encastrer sans répit, à tenter de mettre les boîtes dans les sacs, puis les sacs dans les boîtes, puis les boîtes et les sacs dans les coffres, etc., pour arriver enfin à repousser victorieusement dans des coquerons extrêmes la marée envahissante des objets et des choses, à pouvoir étendre ses jambes, soupirer d'aise, n'avoir plus qu'un seul outil préféré et une lampe de poche sur soi, une carte à main gauche, une boîte de biscuits, une bouteille d'eau à main droite, et l'œil sur le compas, ou mieux encore, sur la mer jolie.

2

NAVIGUER

Statistiques

Un Néo-Zélandais sur cinq, y compris les vieillards et les enfants en bas âge, navigue. Imaginons plus de 10 millions de Français sur la mer ! Alors que 85 % des propriétaires de bateaux chez nous ne quittent le quai au maximum qu'une fois par an.

Le rêve : une majorité de nos compatriotes apprennent la liberté jointe à la responsabilité... Les clubs et fédérations ont des trésoreries si prospères qu'ils subventionnent le ministère de la Jeunesse et des Sports. Pour répondre à l'attente du public, une grande littérature maritime apparaît : Conrad, Melville, London choisissent d'écrire en français.

Ou le cauchemar : embouteillages et refus de priorités. Bagarres pour les places de parking, parfois mortelles. Queues-de-poisson en tout genre, la métaphore retrouvant enfin son élément naturel. Itinéraires verts (vert d'eau) de délestage. Bouchons (le verbe est pour les marins : bouchonner) de plusieurs milles nautiques entre Jardin et Cézembre pour l'entrée de Saint-Malo, entre les îles de Lérins pour l'entrée de Cannes. Goulot d'étranglement dans le goulet de Brest. Pour protester ? Restons dans le vocabulaire, grèves, bien sûr. Revenons aux réalités. Entre les Néo-Zélandais et nous, il y a encore de la marge.

Pendant des siècles et des siècles, naviguer en mer a été considéré comme proche de l'horreur absolue. Pour constituer des équipages, il fallait recruter la lie de la population et « recruter » est un euphémisme... On avait plutôt recours à la « presse », ce qui consistait à boucler les bas quartiers d'un port et à embarquer de force ivrognes, vagabonds, hors-la-loi.

La vérité est qu'être naturellement et volontairement marin a toujours été une exception. En France, on ne peut compter comme peuples naturellement marins que les Normands, ex-Vikings, et les Basques. Dans la Gaule celtique, il n'y avait qu'une tribu maritime : les Vénètes, que César massacra totalement. Les Malouins étant bien sûr à part, les Bretons ne se mirent à naviguer que tardivement, même si, aujourd'hui, pour le grand public, marin = Breton. C'est Colbert, avec l'inscription maritime et ce système très étudié d'avantages particuliers et de contraintes propres, qui obligea les populations côtières à servir sur les bâtiments du Roi.

Tout cela pour dire que si tant de Néo-Zélandais naviguent, ce n'est pas parce qu'ils sont d'origine anglaise et ce n'est pas parce qu'ils habitent deux îles. La planète Terre est parsemée d'îles, de l'Irlande à la Nouvelle-Guinée, en passant par la Corse ou la Sardaigne, dont les habitants n'ont jamais été spécialement connus pour leur vocation maritime. Il y a donc certainement d'autres raisons beaucoup plus profondes pour expliquer cet engouement des Néo-Zélandais à aller sur l'eau. Je n'en vois qu'une : ILS S'ENNUIENT CHEZ EUX. Là doit être la vraie source du goût de l'aventure, du risque assumé, de la passion nautique.

Tous les espoirs nous sont donc permis. Avec une vie politique hésitant entre le ringard et l'écœurant, la nouvelle cuisine qui n'en finit pas de mourir, une télévision dont le niveau intellectuel ne cesserait de baisser, des romanciers dans le genre abscons, une population féminine fringuée unisexe... Bref, avec des Français ayant toutes les chances de s'ennuyer à domicile, notre vocation maritime, enfin, s'ouvrirait au grand large. Et on se souviendrait que l'hexagone a vue sur quatre mers. Autrement dit, que, pour nous Français, la mer s'est mise en quatre.

Méditerranée

Ayant récemment ramené mon bateau de Grèce à Granville en passant par la Bretagne sud, j'ai retrouvé les joies des ports dans lesquels il n'y a de l'eau que quelques heures par marée, et encore... (trop tard pour entrer au Pouliguen, je vole toutes voiles dehors au Croisic. Trop tard, je vais attendre à..., etc.).

Cela donne à la navigation une sorte de troisième dimension, la verticale, surtout quand on cale plus de 1,80 m, mais oblige à veiller à ses horaires comme un ingénieur de la SNCF.

Pendant des années, j'ai navigué dans d'autres mers. Je ne vais pas faire l'éloge des Caraïbes, de l'océan Indien ou du Pacifique : on en rêve déjà assez. Mais une « Défense et illustration de la voile en Méditerranée » mériterait d'être écrite. La Méditerranée, comme tous les lieux trop connus, est facilement méconnue. Quant à l'art de la voile, il perd le prestige qui s'attache ailleurs aux navigations de haute mer sur ces eaux sans marées et sous ce ciel trop pur (si ce n'est que je m'y suis trouvé plusieurs fois dans des brouillards à ne pas voir son étai avant). Pour beaucoup d'entre nous, et souvent pour les meilleurs marins, la voile n'aurait pas sa place en Méditerranée. Ces côtes évoquent d'autres plaisirs : le tourisme, le ski nautique, le bronzage assuré, le cocktail pour starlettes, la pêche sous-marine, le voyage de noces, que sais-je encore ? La baignade. Toutes activités qui, il faut bien le reconnaître, ne sont qu'accessoires à la navigation à voile, si elles ne sont pas nettement contradictoires.

Contre lui, l'avocat de la voile en Méditerranée va trouver les autorités les plus hautes, celles de l'Histoire, de la Géographie et de la Littérature, et les avis les plus divers. Commençons par les avis.

○ Les avis de ceux qui jugent la navigation à voile impossible sur cette mer au régime excessif, car trop incertaine et dangereuse. Bref, l'opinion de ceux qui connaissent la question.

○ Les avis de ceux qui pensent que la voile est trop facile, la Méditerranée n'étant qu'une sorte de bassin idéal pour régates plus ou moins prolongées (et, puisqu'il y a du soleil, c'est qu'il fait beau). Bref, l'opinion de ceux qui ne connaissent rien à la question.

La marine en Méditerranée n'a jamais été une marine à voile. Depuis les bateaux des Phéniciens et des Grecs à trois rangs de rameurs jusqu'aux galères du Roi-Soleil, en passant par l'ordre de Malte et les Barbaresques, la marine y a toujours été à propulsion mécanique et à voilure auxiliaire. Au XIXe siècle, la vapeur est venue relayer l'aviron et la voile n'a jamais dépassé son caractère de moyen d'appoint ou de secours. Encore aujourd'hui, beaucoup considèrent qu'on peut s'aider, s'appuyer avec une voile, comme le font les chalutiers à moteur avec un tape-cul, mais qu'on ne saurait s'y confier au seul vent pour naviguer.

Il faut bien dire que celui-ci n'est pas commode. Il y en a trop, et trop vite, ou pas du tout. Un régime qui fait succéder, en prévenant très peu, ou qui juxtapose à quelques milles de distance les calmes blancs et les rafales à vous démâter, n'est pas engageant. Un ami m'a raconté que, se trouvant un jour au large des Baléares par cinq mètres de creux, il avait au même instant demandé par radio-téléphone aux autorités météorologiques de la côte quel était l'état de la mer précisément là où il se trouvait. « Mer calme, brise faible », lui assura-t-on. L'humour de cette réponse n'était sensible que pour lui. De toute façon, il n'y avait pas à rire des autorités : le mauvais temps devait être limité à un tout petit secteur, une tache sur la mer, que ne peuvent connaître les cartes, les statistiques et les prévisions des bureaux, ni toutes les indications de la terre sur les centres dépressionnaires mobiles, les types isobariques, les déplacements extrapolés de fronts... J'en passe. Non, pour savoir et apprécier, il fallait être dedans.

En outre, les bateaux de la Méditerranée n'ont jamais été d'un type qui facilitât la navigation à voile. Le gréement latin et l'absence de quille ne permettent pas aisément de remonter au vent. Les anciens, en fait, n'utilisaient la voile qu'aux allures portantes. Si le vent était contraire, on tirait le bateau à terre ou on mettait en fuite pour la durée du coup de vent.

Ce qui explique bien des choses. D'abord les dimensions minuscules des ports antiques dont on voit encore les fondations par eau claire sur toutes les côtes de Méditerranée : la place la plus sûre et la plus commode pour ces navires à fond plat était sur la grève et non sur l'eau, comme pour les barques aux Saintes-Maries du tableau de Van Gogh, comme aujourd'hui encore pour tous les pointus, pinasses, tartanes, dont les poupes relevées, dominant le front tout proche des terrasses de bistrots, font une haie aux promeneurs du port, de Collioure aux Cyclades.

Ensuite, la plus grande littérature grecque classique. Ainsi pour Iphigénie, cela permet de comprendre qu'Agamemnon (qui ne savait pas tirer des bords) ait eu besoin de sacrifier sa fille pour sortir du port parce que le vent était mal placé ; et aussi qu'Ulysse, fin marin, ait mis dix ans pour aller de Troie à Ithaque, traversée qui mériterait dix jours au maximum. Mais sans jamais remonter au vent, et avec le régime excessif des vents locaux, ce serait bien extraordinaire qu'on allât vite et droit à son but. Comprise comme une succession de grands largues ou de mises en fuite dans des sens variés, et souvent opposés, en fonction de la carte des coups de vent, voilà l'Odyssée ramenée du point de vue nautique à une croisière méditerranéenne plus normale.

En y ajoutant juste ce qu'il faut d'exagération poétique, et en tenant compte bien sûr du goût inaltérable des marins méridionaux pour les escales prolongées, goût qui s'est perpétué par-delà les siècles.

On peut donc constater encore aujourd'hui que ceux qui se considèrent comme de vrais « yachtmen » se rencontrent rarement loin d'un quai. Ils ont, pour ce faire, d'assez bonnes raisons :

1. S'ils sortaient en mer, ils ne seraient pas sûrs d'être revenus à l'heure pour le cocktail donné sur le yacht voisin par Lady William Fitzwilliam ou Gonzales Arturo (ou les deux réunis) ;

2. Parce que le clapot et la gîte éventuelle en dehors du port gêneraient l'équipage pour préparer comme il convient la soupe de poisson du dîner, ou plus simplement encore, gêneraient l'équipage ;

3. Parce que s'ils sortaient, on leur prendrait entre-temps leur place à quai. Cette dernière raison est suffisante.

Sur un tabouret de bar ou attablés dans leur cockpit derrière leur pot de glaïeuls, ils ne manqueront pas en outre de vous raconter vingt anecdotes où le calme plat et le mistral tiennent lieu de Charybde et Scylla, où les distances sont multipliées par deux et les creux par trois et qui tendent toutes à prouver que si vous voulez aller en mer, c'est tout simplement que vous n'êtes pas marin. Ce qui rejoint l'invocation populaire fameuse : « Sainte Vierge, protégez les pêcheurs qui sont au port. Quant aux couillons qui sont en mer, qu'ils se démerdent. »

Mais si. On peut aller en Méditerranée et être marin. En une dizaine d'années, j'ai dû faire à peu près 8 000 milles nautiques de croisière dans cette partie du monde, de l'Espagne à la mer

Noire, et ceci à la voile. Il y a, comme partout, comme dans les autres mers, un minimum de règles à connaître et si possible à respecter.

D'abord, se garder le plus d'eau possible sous le vent, toujours et en tout temps. Avec un régime de vents extraordinairement brutal, il faut systématiquement éviter de se trouver trop près d'une côte pour le cas où on se trouverait pris dans un coup de vent portant à terre. En plus, le relief souvent tourmenté augmente la force du vent ou lui donne des orientations imprévues. Donc garder le plus possible ses distances par rapport à toute côte et prévoir toujours le plus d'eau possible pour pouvoir manœuvrer et se déhaler. C'est exactement le contraire de la pratique locale où l'on ne fait d'habitude confiance qu'au moteur et où l'on voit les naturels, qu'ils soient en christ-craft, en caïque ou en pointu, passer au ras des cailloux pour éviter le plein de la mer (mais quand le moteur lâche, on lit le résultat dans les journaux...). Non, comme partout et plus encore que partout, ce qui est dangereux en Méditerranée pour un marin, c'est la terre et il faut l'arrondir avec un respect particulier.

Le régime des vents (trop ou pas assez...) pose un problème de gréement. Il faut donc avoir un bateau sur lequel il soit relativement facile d'avoir trop de voile ou pas assez. C'est pour cela que je crois qu'un petit yawl ou ketch avec une voilure très divisée est le mieux adapté parce qu'il permet le plus facilement les manœuvres constantes de voilure qu'exige la navigation en Méditerranée. Il est rare qu'on puisse garder la même toile plus de trois ou quatre heures si l'on veut avancer sans pour autant casser du bois. Sans cesse, il faut réduire ou renvoyer. La règle c'est d'en avoir un peu trop ou un peu pas assez, chaque fois au bon moment (et se méfier particulièrement des gifles près des côtes : voir plus haut). Pendant des années j'ai dormi en toutes circonstances avec, dans la main, ma manivelle de bôme quand j'avais une bôme à rouleau.

Enfin, il ne faut jamais essayer d'aller contre la mer. La houle, sans avoir le creux de l'Atlantique, du Pacifique ou de l'océan Indien, est si hachée qu'elle est souvent beaucoup plus pénible pour l'équipage et fatigante pour le bateau.

Dans des océans plus ouverts, on peut remonter plus facilement contre des mers beaucoup plus fortes. En Méditerranée, il ne faut jamais s'entêter, jamais, et savoir que dans certains cas il n'y a vraiment que la cape ou la fuite. Il faut donc toujours avoir en tête, quand on part et qu'on se fixe un objectif, l'idée de ce que pourrait être son port de refuge si on devait mettre en fuite en fonction d'un coup de vent. Compte tenu des distances modestes, il y en a toujours un accessible quelque part, et pas trop loin.

Dernier conseil : savoir supporter les calmes plats. Je dis ailleurs comment maintenir un peu de toile pour réduire le roulis sans avoir à subir le « bringuebalage » et le vacarme habituels ; voile d'étai, ou drisse de grand-voile légèrement choquée. Mais c'est surtout une question de caractère. On peut aussi dormir, lire, jouer aux échecs si le cœur vous en dit.

Et si le vent tarde vraiment trop, on peut aussi utiliser quelques vieilles recettes qu'on n'a pas le droit d'écrire (ne serait-ce que pour ne pas choquer la Ligue de la pensée rationaliste), mais qu'on a le droit de connaître et qui ont fait leurs preuves. Mais attention, là encore la Méditerranée est excessive, et il est beaucoup plus difficile d'y trouver la juste dose que dans l'Atlantique. Que ce soit météorologie ou magie, on risque de passer très vite du calme plat à la fuite avec deux haussières à la traîne...

Jeunesses

Le premier bateau que j'ai eu, à moi, était un Chat d'occasion, série qui avait eu son heure de popularité en Bretagne nord avant la guerre. En bois, cinq mètres de long, en forme, non ponté, une voile et un foc, tenant très gentiment la mer. Je l'avais descendu en Méditerranée, parce que j'en avais un peu assez des climats nordiques et d'entendre dater les époques par des phrases du genre : « Mais si, tu te souviens, c'est l'année où, à Sercq, ta cousine Véronique s'est mise en maillot de bain. » Se déguiser en réclame pour huile de foie de morue avec col roulé, ciré et bottes, est parfois nécessaire, et cela m'est arrivé aussi en Méditerranée. Disons quand même qu'on y sèche plus vite. Et puis c'était l'après-guerre et le moment où, quand on avait un peu traîné l'hiver à Saint-Germain-des-Prés, on « descendait » presque automatiquement l'été à

Saint-Tropez. Avec ce Chat, à deux, à trois, garçons ou filles, nous partions en croisière... On embarquait quelques bouteilles d'eau minérale, des biscuits, trois grappes de raisin, et on faisait voile vers les îles d'Hyères avec la même excitation et le même émerveillement que si nous allions découvrir les îles Cocos ou Touamotou. C'était mon premier bateau.

Dans une nouvelle de Joseph Conrad, *Jeunesse*, il y a un vieux marin qui raconte ses souvenirs. Il était midship sur un cargo qui transportait du coprah dans l'océan Indien. Le coprah avait fermenté et une sorte de combustion lente s'était produite dans les cales. Tous panneaux, écoutilles, manches à air fermés pour priver le feu d'oxygène, le navire continuait sa route, le pont chauffé à blanc, des fumerolles jaillissant çà et là des interstices qu'on colmatait aussitôt, dans la peur permanente de l'explosion et de l'incendie dramatique. Et lui, jeune midship, dans sa tête, ne faisait que rêver de cet incendie qui obligerait à évacuer le navire : on répartirait l'équipage et les passagers dans toutes les chaloupes, avec un officier par chaloupe. Il aurait alors son premier commandement. Ah, jeunesse, jeunesse... Passez-moi la bouteille de rhum !

C'était mon premier « commandement ». Il fallait choisir quand partir et choisir quand ne pas partir, rouler de la toile ou en redonner, apprécier la mer et le vent... La plupart des plaisirs que j'ai eus par la suite, je les ai déjà connus avec ce modeste Chat, y compris l'image esquissée du bonheur qu'est cet instant du soir, où l'on aborde une île que l'on a vue peu à peu prendre forme à l'horizon et où l'on se cherche une eau calme pour mouiller, la tête encore pleine des rumeurs de la mer, mais déjà environné de l'odeur des pierres et des buissons que le soleil a chauffés tout le jour.

J'en ai gardé aussi la méfiance du cap qu'il est vain de vouloir s'entêter à doubler de près, la certitude qu'il n'est pas d'abri abrité de tous côtés, une sollicitude extrême pour mon mât après avoir vu deux voiliers démâter devant moi pour avoir laissé un méchant clapot d'arrière les faire chasser jusqu'à l'empannage, et le souvenir d'un conseil amical de portée générale, que je n'ai pas suivi mais que je n'ai pas oublié.

Je demande un matin à un retraité en chaussons à carreaux et casquette bleu marine qui se raclait la gorge et chauffait ses os au soleil sur un banc, ce qu'il pense du temps et si on peut sortir. (C'était le portrait typique et légendaire du vieux-du-pays-qui-connaît-le-temps.) Il grommelle :

— Où qu'il est, ton bateau ?

— Celui-là.

— Tu es payé cher, pour faire ce métier-là ?

— C'est-à-dire...

Il extrait son mégot et articule :

— Reste chez toi.

Le premier soir, on était à Camarat et on allait jeter le grappin de nuit sous le phare, en se tirant sur la lumière d'un bistrot solitaire. On avait passé le cap Saint-Pierre, évité le danger de l'Ay, longé Pampelonne, immense plage encore intégralement déserte, avec une joie d'argonautes. Entre Lardier et Tayat, une autre baie déserte abritait les ruines d'une ancienne maison galante, mais le ressac y était fort. Le lendemain, c'était une vraie traversée, on voyait peu à peu se préciser l'île du Levant. On mouillait au soir à Port-Cros, à l'est ou à l'ouest suivant le temps, au chant des cigales, dans l'odeur des romarins et des lentisques, puis à Porquerolles, pour les plaisirs d'être cul-à-quai, dans un port. Un soir, nous avons jeté notre ancre sous le cap des Mèdes, face à une petite grève isolée, à quelque cinquante mètres du bord. L'eau était absolument immobile. A la nage, en tenant notre pain d'épice et nos mandarines au-dessus de nos têtes, nous sommes allés à terre. Nous avons dormi là, sous la lune, sur une sorte de matelas d'algues fines que la mer du mistral avait amassées. A l'aube, c'est le mistral qui nous a réveillés : le bruit des premiers rouleaux brisant à nos pieds.

Le malheureux Chat tirait sur son grappin. Nous nous sommes jetés à l'eau, à la nage nous avons regagné le bord. Il restait à peine quelques dizaines de mètres pour manœuvrer, et la mer se levait à une rapidité étonnante pour quelqu'un du Nord. Le vent au loin paraissait la décaper à coups de rabot. J'ai hissé la grand-voile, et, vent arrière, j'ai foncé vers la plage pour prendre de l'erre. Dans les premiers rouleaux, j'ai lofé, envoyé le foc, puis dès que j'ai été tiré de terre, baissé la grand-voile, et en fuite jusqu'à Cavalaire. On débarquait salés et heureux. On avait vingt ans. Ah, jeunesse, jeunesse... Reste-t-il du rhum ?

Puis j'ai acheté un bateau, tout étroit, un peu plus grand (six mètres) et qui avait déjà un nom : l'*Amphitrite,* sorte de requin réduit. Il avait été abandonné par son propriétaire (récupéré par un yacht) lors d'un coup de vent, et on l'avait retrouvé trois jours après dans le golfe de Gênes, démâté, mais flottant gentiment. Cela m'avait paru bon signe. Il n'y avait ni moteur, ni cockpit étanche, ni cuisine, ni water, ni winch. Seulement une coque en bois, une quille en plomb, un mât, deux voiles et un rouf pontant le bateau à demi, sous lequel il y avait côte à côte deux banquettes. On pouvait s'y glisser à peu près comme on s'introduit dans un sac de couchage.

Avec un ami, Bertrand, nous sommes partis pour la Corse.

Nous avons hissé la voile dans le calme de l'aube, par une mer laiteuse et une très petite brise de terre, après avoir mangé un demi-melon pour nous débarbouiller la figure. J'avais un compas Vion portatif pour la navigation. A l'oreille, je pouvais dire notre vitesse, à l'œil notre dérive. Pour confirmation, parfois je trempais ma main dans l'eau. Je ne notais rien (j'ai gardé longtemps cette mauvaise habitude) mais dans ma tête, sans cesse, à la barre ou sur ma couchette, je composais notre route. « On doit faire depuis quatre heures du deux nœuds, deux nœuds et demi. Maintenant on fait du trois nœuds avec, pendant une bonne heure, une pointe de quatre nœuds. Disons trois degrés de dérive. On a dû faire tant de milles, arrondissons à tant... et puis mettons un peu d'est dans notre sud-est, ça ne pourra pas faire de mal... » Il n'y a pas une seconde d'ennui ou de vide. Le vent change, fraîchit avec le soleil en haut, tombe un peu après, puis tourne, la mer devient belle. On dort, on barre, on grignote. Nous essayons d'appliquer des principes très fermes comme « au moins une fois par jour quelque chose de chaud ». On se faisait chauffer du bouillon en brûlant des pastilles de méta dans un couvercle en fer-blanc.

L'après-midi, alors que je dormais, la voix de Bertrand me réveille : « Viens vite ! Ça ne peut sûrement pas être des dauphins. » Je m'extrais de la couchette et regarde. Il y a 360° d'horizon de mer jolie, avec petite brise et léger clapot. Je ne vois rien d'autre. Mais, d'un coup, j'entends un grondement du genre train entrant en gare et serrant ses freins. Puis une baleine[1] sous son jet d'eau fait surface. Puis une autre. Je donne un coup de barre ; une autre nous range et nous pouvons apprécier : bien deux fois la longueur du bateau ! On se demande avec un rien d'inquiétude si elles sont joueuses ou susceptibles. Elles s'en vont, sans nous prêter la moindre attention. Première rencontre en mer.

La nuit est belle, l'aube aussi. Nous verrons la Corse à 12 milles seulement malgré ses 2700 mètres d'altitude (normal, avec la brume de beau temps à l'horizon), là où il fallait qu'elle soit, après quarante heures de mer. Respectueux des autorités, je signale mon arrivée au bureau du port de Calvi. Croyant faire mon effet, j'indique en passant que j'ai rencontré cinq baleines. Le préposé lève un œil bleu délavé de son registre : « Ah, oui ? » Un peu déçu, je me répète. Il

1. Je sais bien que, pour les techniciens, il y a 461 espèces de cétacés et qu'il convient de distinguer les baleines vraies des fausses, les franches des pas franches, les baleinoptères des cachalots, les denticètes des cédontes, etc. J'appelle baleine ce qui est plus gros que moi, c'est-à-dire mon bateau, souffle un jet d'eau et vit dans la mer. Voilà.

lève un autre œil et me dit, en tendant son porte-plume vers le quai :

— C'est bien celui-là, votre mouille-cul ? Vous n'avez pas de moteur, non ? Alors c'est bien normal que vous voyiez des bêtes. Du temps que je faisais le courrier à la voile avec le continent, on en a vu aussi et croyez-moi...

Bombard, en dérivant sur son canot pneumatique, avait vu une baleine blanche en Méditerranée. Les gens du Kontiki ont raconté que des monstres marins venaient les côtoyer ; le grand-oncle amiral, en mer de Chine, sur sa corvette... Ce n'est pas étonnant que l'on ne voie plus rien en mer avec les hélices qui brassent l'eau et le mazout qui l'empuantit à des milles à la ronde et en profondeur. Si les états-majors des bateaux de guerre aujourd'hui ne voient plus le grand serpent de mer, ce n'est pas par progrès des lumières et recul de la superstition dans le cadre des officiers supérieurs, c'est que les machines d'un bateau de guerre actuel doivent suffire à interdire à tout animal toute envie de se montrer. Si les marins-pêcheurs ne voient plus rien d'étrange sur l'eau et sous les cieux depuis vingt ans, ce n'est pas dû aux bienfaits de l'instruction primaire obligatoire, mais à la diffusion générale du moteur auxiliaire.

Moi, je crois au serpent de mer. Ou à son frère, ou à ses neveux. Ce qu'il y a de sûr, c'est qu'il y a dans la mer, dans ses 10 000 mètres de fond et ses 40 000 kilomètres de tour, plus d'étrange, de capricieux, d'insolite et de fugitif qu'on ne peut le mesurer, le décrire ou le capturer ; qu'il y a dans les sept mers plus de puissant et de caché à la fois que tout ce qu'on a pu, peut, pourra y cataloguer. Toutes les explorations scientifiques, tous les bathyscaphes du monde ne me feront pas changer d'avis. C'est le contraire qui me paraîtrait ignorance et prétention, en un mot : invraisemblable. (Une des plus gandes peurs que j'ai eues est d'ailleurs la rencontre d'une murène de près de 3 mètres de long, grosse comme une grosse cuisse, en faisant de la pêche sous-marine à Manihi, dans les îles Touamotou. Les requins blancs des lagons, on s'y habitue beaucoup mieux.)

Nous sommes revenus par l'Italie, après le désert des Agriates, le golfe de Saint-Florent, un mouillage héroïque à Centuri et une plongée dans l'univers corse d'un patron spécialisé en baraterie et dont le grand-père « avait eu un malheur » (ce qui veut dire qu'il avait tué quelqu'un). Deux fois, je n'avais pas pu passer le cap Corse à cause du vent dans le nez. Puis, vers l'Italie, j'ai cru voir de nuit des phares à éclats réguliers : c'étaient des pêcheurs au lamparo, avec leurs grosses lampes à acétylène, apparaissant et disparaissant dans une houle bien établie. Je signale qu'à Viareggio, il y a dans la banlieue, sur le front de mer, une pharmacie avec enseigne lumineuse verte clignotante, à côté d'un garage avec enseigne à lumière rouge clignotante. Ce n'est pas l'entrée du port. Je laissai le bateau à Portofino.

L'année d'après, avec deux autres amis, nous repartions de Portofino pour la Corse et la Sardaigne sur l'*Amphitrite.* La lutte avec le chantier avait été dure. Nous fîmes l'erreur de partir le ventre vide, épuisés, car dans ce port ravissant il y a un ressac insoutenable ; le bruit normal est celui des haussières qui pètent, tendues comme des cordes à violon, et on ne peut pratiquement pas dormir à bord.

Il y avait de la houle et pas de vent. Christopher et Jean furent malades. Puis après une nuit le vent se leva, mais moi, je dus me coucher avec une brutale crise de paludisme. Je sombrai totalement dans l'inconscience pour sept ou huit heures. Quand je fis surface, la mer avait formé un méchant clapot, dans le nez. On voyait à une dizaine de milles la petite île de Gorgona, la première de l'archipel toscan. Le bateau s'était fait enlever par une vague le couvercle du trou d'homme à l'avant, et nous avions embarqué beaucoup d'eau. Mes deux équipiers, un peu inquiets, s'étaient rassurés en voyant une terre, et essayaient donc de gagner Gorgona. Je changeai immédiatement de bord, tournant le dos à Gorgona, à leur douloureux étonnement. Vent arrière, sans foc pour alléger l'avant et avec la mer nous aidant, je mis le cap sur Livourne qui était à bien trente milles et donc qu'on ne voyait pas, mais où nous pouvions arriver sans risques. Il faut dire que nous avions de l'eau dans le bateau jusqu'aux mollets. Je crus utile de signaler mon arrivée aux autorités et je dus acquitter une taxe spéciale de 125 lires pour avoir fait travailler les services du port en dehors des heures légales de bureau. Mais je pus emprunter une pompe à un pêcheur contre un coup d'œil sur ma carte marine française (il voulait voir si certains fonds de corail étaient portés sur la carte française qui ne l'auraient pas été sur l'italienne).

Séchés, nourris, nous sommes repartis pour Capraia, autre île toscane, où nous eûmes les charmes du mouillage au soir, dans l'eau calme et les senteurs de pinèdes. Assis à la terrasse d'un bistrot, nous voyons passer deux individus en pyjama. Nous pensons qu'en ce pays, certains se couchent tôt ou se lèvent bien tard. Puis, trois ou quatre autres en pyjama. Nous ne pensons plus rien. Puis un détachement, marchant au pas, d'une vingtaine d'hommes en pyjama. Nous comprenons : l'île est un pénitencier, comme beaucoup d'autres petites îles italiennes. En regardant les *Instructions nautiques,* nous constaterons d'ailleurs que tout débarquement y est interdit. Mais instruits par l'expérience précédente, nous ne nous étions signalés à personne et personne ne s'était intéressé à nous. Il en est ainsi dans les trois quarts des ports de la Méditerranée. Je crois que simplement personne ne peut penser qu'un petit bateau à voile ne soit pas d'ici et puisse venir d'ailleurs...

Entre Capraia et la Corse, autre spectacle. La mer est assez forte et nous faisons six nœuds. Nous croisons un yacht qui remonte vers le nord, au moteur. Entre nous, nous nous étonnons. C'est un ketch, il y a du vent, et il serait près bon plein. Voilà bien les plaisanciers du Midi. Le ketch est à trois ou quatre milles, quand il doit se passer quelque chose avec son moteur ou son hélice, qu'on voit déjauger dans la houle. Nous apercevons l'équipage se précipiter sur la drisse pour essayer de hisser la grand-voile. Réduire la toile par gros temps exige déjà un skipper ayant un minimum de compétence. Hisser de la voile par gros temps n'est, comme chacun sait, pas plus facile, surtout quand le bateau, sans moteur, sans aucune voile, est tombé en travers de la lame. Au bout de quelques minutes d'essais infructueux, il semble que ce soit la panique. Les fusées rouges de détresse partent en l'air. Un petit cargo, qui faisait route aussi vers le nord, leur jette une remorque et les ramène vers Bastia. A ce moment arrive la vedette de sauvetage de Bastia, alertée par le gardien du phare de la Giraglia qui avait vu les fusées. La vedette propose de prendre la remorque, puisque Bastia n'est pas la route du cargo. Le cargo refuse de lâcher sa prise. C'est le cargo qui gagne. Moralité : ne jamais être sans voile, ne jamais prendre la remorque d'un autre. On savait ça aussi.

A l'époque, la côte est de la Corse était encore un désert réputé comme infesté de malaria, et la « promotion immobilière », pas encore inventée. Nous avons été d'admirables mouillages en admirables mouillages : Aléria, sous les ruines d'une ville romaine; Solenzara, dans l'estuaire d'une rivière claire et ombragée ; Porto-Vecchio, les îles Cerbicales, les Lavezzi, Bonifacio. Puis en Sardaigne, où le touriste était encore strictement inconnu et l'étranger de passage reçu noblement comme un hôte; Castel Sardo, où nous avons dîné dans la citadelle chez le notable local avant d'accompagner ses grandes filles au bal (c'était la fête patronale); Alghero, où on nous appelait « Excellences », nous, hâves, pas rasés, quémandeurs d'une douche et d'un repas chaud, émerveillés par l'eau courante et le tout-à-l'égout. J'y laissai mon bateau pour hiverner, après avoir assisté à une représentation de *La Traviata* avec pas moins de deux chefs d'orchestre, un pour les musiciens, un pour les chanteurs, celui pour les chanteurs dans le trou du souffleur décapuchonné et de chaque côté duquel on avait boulonné deux rétroviseurs de vespa pour qu'il puisse surveiller ce que faisait son collègue et rival des musiciens. Ah, jeunesse, jeunesse... Passez-moi donc encore la bouteille de rhum.

C'était ainsi chaque année, sur notre petit mouille-cul, trois cents à cinq cents milles de navigation qui faisaient alterner les joies de la mer et les plaisirs de l'escale. L'année suivante, nous avions décidé de traverser la Méditerranée et d'aller de Sardaigne aux Baléares. D'abord on ne voulut pas nous laisser partir. La municipalité d'Alghero avait édité un dépliant touristique où triomphait en première page la photo de notre « yacht », qui était bien le premier à avoir hiverné là. Elle n'était pas encore sûre d'en avoir un autre. En outre, pour les autorités navales, l'Espagne, c'était à peu près l'Amérique. Je dis donc que je me rendais seulement à Porto-Conte, superbe rade déserte elle aussi, à l'époque, et voisine d'une dizaine de milles. Il faut savoir s'arracher aux amis.

Je me rappellerai toujours notre départ de Porto-Conte, à l'aube, sur une mer qui n'a pas encore de couleur parce que le soleil n'est pas encore levé. Il n'y a qu'une brise imperceptible qui ride l'eau par grandes plaques changeantes. On n'entend aucun bruit. Nous croisons un pêcheur manchot (il a dû pêcher un peu trop à la grenade après la guerre) qui, très silencieusement, godille pour aller remonter ses casiers. Un bonjour discret au passage. Il nous demande où nous allons. Je dis : « Minorque », et j'ajoute : « On ne va pas avoir de *libeccio*, j'espère ? » Il hausse les épaules. « Le *libeccio*, il vous gênera au départ, après il vous poussera. » Il s'éloigne. Il est déjà à une cinquantaine de mètres quand il se redresse et nous crie : « Vous avez à boire pour combien de jours ? » Je réponds : « Quatre », en comptant nos bouteilles d'eau minérale, pas la réserve en bidon. Il pose son aviron et de sa main unique large ouverte, il nous fait « Cinq ». Il est trop loin pour qu'on se parle. La brise se lève un peu. Nous avons mis cinq jours.

Nous avions un petit moteur hors-bord rangé à fond de cale. Un moteur hors-bord n'est dangereux que quand on croit qu'il marche. Quand on sait très bien qu'il ne marche pas, il n'y a pas de surprise et il ne présente plus aucun risque. Christopher avait apporté un réchaud anglais Primus, hérité de l'armée des Indes, et qui n'exigeait pas moins de trois liquides différents pour fonctionner, plus un système de pompe. Ils s'occupaient l'un l'autre aimablement. Les waters étaient constitués par un casque de la Military Police américaine, dont la forme harmonieusement découpée, pour quiconque en a vu un, s'adaptait parfaitement à ces fonctions. Nous avions des vivres « commodes » et, comme gâterie, des boîtes de lait condensé. Notre mépris du confort était presque philosophique, comme notre tenue, surplus de l'armée essentiellement, affichait notre indépendance d'esprit.

Pour économiser l'eau douce, nous essayions de faire cuire nos nouilles à l'eau de mer, en oubliant qu'il doit y avoir dans l'eau de mer autant d'iode et autres ingrédients peu comestibles que de sel marin... J'admire encore le courage et la gentillesse de l'amie parisienne qui nous accompagnait dans cette traversée. 0,42 mètre de franc-bord, deux banquettes pour trois où on pouvait à peine se tenir assis, un casque de M.P., vingt-quatre heures au milieu de la Méditerranée de calme plat total avec le gréement qui bat, deux jeunes gens dont la doctrine en matière d'ablutions à bord était « peignons-nous pour avoir l'air lavés », les nuits en mer à prendre son quart, un sacré coup de vent à l'arrivée ; si elle a souffert, elle n'en a jamais rien laissé paraître.

La seule difficulté a été pour elle de tenir son cap. Je lui avais expliqué qu'il ne fallait pas, de nuit, faire comme les débutants et garder l'œil fixé sur le compas. Personne d'ailleurs ne peut tenir sur un petit voilier exactement le 293 ou le 307. Non, il faut prendre une étoile entre hauban et galhauban, et toutes les dix minutes, avec un coup de lampe électrique sur le compas, contrôler qu'on est bien dans la bonne zone (et bien sûr, changer souvent d'étoile, puisque le ciel bouge aussi). Elle m'avait répondu :

— Je veux bien essayer de voir l'étoile, mais je ne vois pas le hauban et le galhauban.

Myope, elle avait pris, par souci d'élégance, des verres correcteurs dissimulés en lunettes de soleil fortement teintés. Dès entre chien et loup, elle ne voyait plus rien à bord.

Minorque, côte est, se présente comme une succession de caps fermant des baies longues et étroites. La dernière vers le sud est un véritable fjord qui conduit à Port-Mahon. Quand nous avons vu de loin la côte, puis un cap, nous n'avons pas douté un instant que c'était celui que nous voulions. Nous le désirions sans doute trop. La nuit venue, un phare s'alluma. Ce n'étaient pas les éclats portés sur la carte pour le feu d'entrée de Port-Mahon. Je n'en tins pas compte, en me disant que ma carte espagnole était vieille (ce qui était vrai) et que le nombre d'éclats avait dû être modifié. Un ami psychiatre m'a expliqué que l'esprit humain est ainsi fait qu'il se refuse à entendre ce qu'il n'est disposé ou ne s'attend simplement pas à entendre. Il m'en avait donné une démonstration convaincante et pittoresque, en entrant devant moi dans une pâtisserie où il déclara à la vendeuse : « Je voudrais deux éclairs au chocolat. Baisse ta culotte », d'un ton absolument uni et en ne prenant pas une paire de claques.

Ainsi déterminé et conditionné, j'entrai de nuit dans la baie qui s'ouvrait sous ce cap. Des lumières rouges sur l'eau marquaient un chenal. C'était donc le bon. Mais, plus nous avancions dans une nuit d'encre (un orage venait), plus les lumières s'éloignaient. Il n'y avait aucun autre signe de vie. Nous nous sommes retrouvés dans une sorte de cul-de-sac marin, parsemé d'écueils. A terre, quelques ombres, des feux de bois, une vague cabane avec des vitres rouges. C'était leur reflet dansant que nous avions pris pour un double alignement de balises. Je n'ai jamais cru autant avoir été le jouet de naufrageurs.

C'est à ce moment, où nous n'aspirions qu'à la détente de l'arrivée, que le vent s'est vraiment levé. En quelques minutes, le cul-de-sac où nous étions mouillés pour attendre l'aube est devenu une sorte de bassine d'huile bouillante. Il fallait partir immédiatement. Pas question de le faire par où nous étions entrés : le vent était juste dans le nez. Mais je sentais, dans la nuit intégralement noire, la houle venir aussi d'un autre côté ; donc plus ou moins libre. Nous sommes sortis au près bon plein, à l'oreille, en nous guidant sur le bruit du ressac, à gauche, à droite, devant. Enfin la mer et la houle du large ! Deux heures de navigation dans le grain, et c'est le vrai cap, à dix milles au sud, la baie de Port-Mahon, les vraies balises, le quai.

Ensuite nous avons navigué dans les Baléares, de rades foraines en petits ports, puis sur la Costa Brava. J'ai voulu y laisser le bateau, pressé par le temps, mais les autorités refusaient de nous voir quitter l'Espagne par terre, alors que nous y étions arrivés comme marins, sans visa. L'*Amphitrite* a même eu droit à un piquet de la Guardia Civil. Nous sommes donc repartis à la voile pour Port-Vendres, avec bien du mal pour passer le cap Creus par vent du nord. Deux tentatives, passage à la troisième, de nuit, et en n'hésitant pas à aller tirer des bords à plus de vingt milles au large.

J'ai fini une année par ramener l'*Amphitrite* à Saint-Tropez. Elle avait bien souffert. Les coutures laissaient passer l'eau, et le pont n'avait plus rien d'étanche. Nous avions même reçu la foudre dans un orage. Le fait de recevoir exactement en même temps la lumière éblouissante de l'éclair et le bruit éclatant du tonnerre est tout à fait impressionnant. En plus, la manille qui tenait la grand-voile en tête de mât s'est fendue ou brisée, et au même moment la grand-voile s'est affalée. A part ça, rien, si ce n'est l'équipage un peu nerveux. J'avais mis à la mer un bout de chaîne frappé sur un hauban, selon la règle.

Je commençais à trouver qu'une pompe de cale serait bien utile, ainsi qu'avoir la hauteur sous barrot ; que pouvoir manger chaud et parfois utiliser un moteur auxiliaire ne serait pas désagréable ; que les joies de l'escale dans la petite baie inconnue, où les naturels vous invitent à boire le vin local, n'étaient pas contradictoires avec quelques centimètres de franc-bord de plus et un trou d'homme étanche. Mais jamais je n'aurais osé faire d'infidélité à l'*Amphitrite.* Le patron du chantier des Canoubiers m'a écrit un hiver pour me dire qu'il l'avait brûlée « parce qu'il m'aimait bien et qu'il ne voulait plus que j'aille traverser les mers sur cette coque de noix pourrie ». Ah, jeunesse, jeunesse... Tenez, passez-moi une dernière fois la bouteille de rhum.

Bateaux

Tous les bateaux ont leurs vertus, le plus beau est le vôtre. Malheureusement, comme chaque propriétaire de bateau le sait, il lui faudrait un mètre de plus pour être parfait.

Pour moi, l'idéal reste un ketch on un yawl sérieux d'une douzaine de mètres, qu'on peut manœuvrer presque seul, en tout cas sans main-d'œuvre salariée. Je sais bien que le *rating* d'un ketch ou d'un yawl est très mauvais. Peu importe, si on ne cherche rien à gagner. Je trouve même absurde que les revues nautiques aient poussé le public à acheter des bateaux qui pourraient théoriquement gagner le « Fastnet », alors que pas un acheteur sur mille ne s'alignera jamais pour le départ. Non, je préfère un vrai pont, une quille longue, une voilure divisée, facile à amener et à envoyer, le confort de la voile d'étai au largue (et surtout quand il y a mer sans vent, pour tenir quand même un peu le bateau sans le supplice du gréement qui bat). Vive aussi l'artimon ! Deux fois, je me suis sorti de mouillages périlleux, coincé à quelques mètres d'une côte par un vent se levant dans le nez en tornade, sur l'artimon, puis un bout de foc. J'apprenais aussi aux passagers à gouverner sans utiliser la barre, mais seulement les écoutes d'artimon et de foc.

Le plus beau gréement, c'est la goélette. Dans les Antilles, entre Saint-Martin et Saint-Barthélemy, j'en ai barré une par un bon alizé force 5 ou 6 et mer belle, et je ne suis pas prêt de l'oublier.

Le spi donne de grandes joies esthétiques et est très utile pour occuper l'équipage par beau temps.

Mettre, au vent arrière, toujours une retenue (bordée serrée) sur la grand-voile. Pas de maroquin, si on a deux mâts. En cas de catastrophe, on aura plus de chance d'en conserver un.

Je n'aime pas beaucoup les trimarans. J'en ai pris un une fois dans l'océan Indien, mais même avec un vent officiellement à 35 nœuds et la grande houle correspondante, nous ne sommes jamais « partis en survitesse sur la crête des vagues » comme on lit dans les bons récits, alors que nous étions pourtant largue puis grand-largue. Un bateau qui ne peut pratiquement pas gîter, ce n'est quand même pas normal.

Un bateau doit pouvoir prendre naturellement

la cape. Ne faire qu'une confiance très limitée aux ancres flottantes perfectionnées. L'artimon arisé ou un tape-cul est d'ordinaire beaucoup plus efficace.

Ne pas laisser de tangon la nuit. Un tangon empêche de manœuvrer vite. Remplacer aussi, par temps variable, le génois par un yankee qui puisse passer facilement d'un bord sur l'autre. On perdra peut-être quelques milles, mais l'homme de barre n'aura pas à aller se débattre dans le noir avec une écoute coincée dans le capot du poste avant.

Ne pas laisser un bateau sale. Il devient vite un bateau dangereux.

Ne pas se mettre vent debout pour ariser la grand-voile, mais près bon plein. Comme ça, on peut s'appuyer sur la bôme. Tout le monde le sait...

Tout le monde sait tout d'ailleurs, et il y a assez de manuels et de cours de navigation pour que je n'aie aucun besoin d'allonger cette liste de bons conseils. Il n'y en a qu'un qui compte : rester toujours manœuvrant.

On sait aussi qu'on a traversé les mers et les océans sur tous les types de bateaux et avec tous les types de gréements, et de toutes les dimensions. La taille ne fait rien à l'affaire. Ce qui est important, c'est de ne pas avoir de coulottes sur sa couchette.

Sur l'eau, pour le bateau il n'y a que deux dangers : la terre et le feu. Pour le marin, il faut ajouter le froid. C'est le frère aîné du désespoir, et ils vont ensemble.

Le meilleur bateau est une bouteille bouchée, dit-on. Je n'ai aucune envie d'aller faire du bateau dans une bouteille bouchée. Comment humerais-je l'air de la mer ?

Tableau des cinq sens

Il y a longtemps, dans un bar à Marrakech, un Marocain qui se disait neveu d'un pacha fameux et plus vraisemblablement était spécialisé dans le racket des prostituées, m'avait invité à boire un cognac. Nous trinquons, et l'ami marocain m'arrête :

— Sais-tu pourquoi nous avons choqué nos verres ?

— ...

— Boire est un grand plaisir. Pour que ce soit un plaisir parfait, il faut que les cinq sens, sans exception, y prennent leur part. Quand tu bois, l'œil a du plaisir, et on regarde la jolie couleur de l'alcool dans le verre avant de le déguster. Le toucher a du plaisir, car dans le creux de ta main tu enserres le verre et tu le réchauffes à ton contact. L'odorat et le goût, bien sûr, ont du plaisir. Il ne manque que l'ouïe. Ce n'est pas juste. Pour que le plaisir soit complet, il faut que l'oreille participe aussi. Choquons encore une fois nos verres.

Au XVIe siècle, des peintres composaient des tableaux réunissant sur la même toile des fleurs pour l'odorat, des fruits pour le goût, un instrument de musique pour l'ouïe, un miroir pour la vue et un échiquier pour le toucher. La mer, au cours de traversées assez longues et assez solitaires, peut composer un autre de ces tableaux pour le plaisir de nos cinq sens, sans exception.

La vue

Au concours d'entrée à l'École navale, de mon temps, on exigeait 10/10 pour chaque œil et c'est tout juste si on n'exigeait pas aussi qu'il soit bleu.

L'œil en mer s'exerce sans cesse et il y gagne une sorte d'entraînement, d'excitation, d'enthousiasme. Ce n'est pas seulement pour admirer « les grands spectacles de la Nature », comme on disait autrefois : l'aube annoncée bien avant le lever du soleil par une sorte de salissure qui fait la nuit moins nette à l'est, comme le messager hésitant d'un drame d'Eschyle qui craint d'en dire plus et ne lâche sa vérité que par lambeaux ; l'apothéose des crépuscules sous les Tropiques, rayons de gloire perçant des fantasias de nuages rouges ; au long des heures et des jours, la mer couleur de vin sombre, avant le grain, et la mer du calme blanc, presque décolorée par la lumière de midi, et la mer très grosse de l'arrière, quand l'écume savonneuse dévale les escaliers d'eau verte... Non, c'est dans le détail aussi que l'œil a son plaisir en mer. Ici, un trait imperceptible, balise ou mâture ? Là, où le banc de brume de beau temps à l'horizon paraît plus dense, une forme qui est une côte et qui peu à peu va devenir une île, une terre, un pays. Là l'éclat d'un phare, là celui d'un feu de route, là celui d'une étoile. Distinguer, reconnaître, nommer, voilà sa tâche, voilà son plaisir sans cesse renouvelé.

Mais surtout l'œil pense. A tous les moments importants de la vie en mer, quand il faut agir vite, commander net, c'est lui qui directement, sans passer par quelque cerveau, dit à la main où choquer, à la voix quoi crier. C'est lui qui sait par la poche de mollesse qui se forme dans la grand-voile au tiers du mât que l'on est près de l'empannage, c'est lui qui doit choisir qu'il faut virer de bord maintenant et pas un instant avant, et pas un instant après, si l'on veut passer le cap, c'est lui seul qui ayant regardé la mer et le vent, et ayant apprécié ce qu'il faut de l'un et de l'autre, peut décider à la seconde, « affale » ou « envoie » ou « lofe » ou « laisse porter ». L'œil juge. Oui, c'est le sens souverain et il a en mer les joies du pouvoir suprême. Mais pour moi, le sens qui a le plus de plaisir, ce n'est pourtant pas lui. En mer, c'est l'oreille.

L'ouïe

Le bruit de la mer est constant et l'ouïe est le seul sens à prendre son plaisir 24 heures sur 24. Même quand on dort : la preuve en est qu'il suffit que le bruit change pour que l'on se réveille. Combien de fois, de la couchette navigateur, une erreur de barre, une saute légère de vent m'ont tiré de mon sommeil, simplement parce que le chant de la mer et la complainte de l'eau contre la coque avaient pris un bémol ou un dièse, parce que le *staccato* irritant du près, quand la proue tape dans le clapot, s'était atténué, parce que le superbe *largo* de la vague qui s'écroule sous le bateau au vent arrière n'avait plus la même sonorité ou la même ampleur.

Devant conduire un voilier *Gin-Fizz* à travers l'Atlantique des Canaries aux Antilles, j'avais constaté au départ que l'hélice ne pouvait pas être bloquée même en embrayant. A deux nœuds et demi, elle se mettait en mouvement et produisait une sorte de chuintement râleur. A trois nœuds et demi, elle entonnait un chant qui ne devait pas cesser pendant vingt-trois jours. Dans

les premières heures, je m'en irritai. Ensuite je ne pouvais plus m'en passer et je crois que je l'aurai encore dans la tête pour des mois, des années, à jamais. C'était une sorte de grégorien qui descendait et montait suivant la force du vent et de la mer (cinq à six nœuds en montant la pente de la vaste houle de l'alizé, parfois neuf à dix nœuds en descendant la pente...) avec note tenue ou tremblée au hasard des risées, *diminuendo* ou *crescendo* dans l'alternance des grains, et dans les grains, des creux et des crêtes, voix intime venue du bateau et de ses fonds chantant directement à l'oreille en contrepoint à l'orchestration du vent dans le gréement, de la mer sous l'étrave, de la vague qui croule, du mât qui gémit, du génois qui claque.

La musique est l'organisation du silence comme le bateau est l'organisation de la solitude. Il est extraordinaire de constater qu'une croisière en mer ou la seule évocation d'un bateau à voile laissent une impression immédiate de silence alors qu'il n'y a, en fait, rien de plus bruyant.

Par gros temps, c'est même un vacarme assourdissant. J'ai dû, une fois, rester vingt heures à la barre, en fuite, dans la mer Noire. J'avais passé des heures à régler ce qu'il fallait d'aussière mouillée à la traîne pour tenir à peu près le bateau, défaisant un nœud, ajoutant une boucle ; à doser ce qu'il fallait de toile sur le nez pour garder un peu de barre sans aller ni trop vite ni trop lentement, et rester autant que possible manœuvrant. Je n'ai qu'un souvenir, celui du bruit de la mer de l'arrière s'écrasant à toucher le tableau. Les gémissements de la coque et du gréement, les rafales force 9 ou 10, tout disparaissait, s'engloutissait dans le déferlement de la mer elle-même. Et pourtant quand j'y repense des années après — et je n'oublie pas non plus mon angoisse — c'est comme un énorme silence.

Par calme, d'autres bruits prennent le dessus, qu'on peut nommer chacun, en l'attente du concert. La voile qui bat (penser à choquer un peu la drisse de grand-voile, d'une bonne main, pour qu'elle claque moins), la ferrure de bôme qui grince, le mât qui ne trouve pas sa place et geint, une écoute qui bat ausi, la poêle pendue à un clou dans la cuisine qui tape au gré du roulis, une bouteille vide qui cogne dans un casier. C'est le moment où l'orchestre semble s'accorder et se cherche dans les dissonances à la limite de l'insupportable. Que le vent fraîchisse un peu, et « sifflote dans les haubans », comme on dit dans les commentaires de l'échelle Beaufort, le bateau prend son erre, et le bruit du vent dans le gréement et des filets d'eau contre la coque vient apporter à la symphonie, qui sa complainte stridente, qui son accompagnement de basse continue, qui sa très tendre modulation flûtée. Et de nouveau, c'est comme un silence, dès qu'est monté à l'unisson le double chant de la mer et du bateau en mer, que mon oreille n'oubliera jamais.

Le jour tombé, l'œil perd sa souveraineté et l'ouïe prend aussi le commandement. C'est elle qui entend la voile faseiller, le bruit du clapot changer et fait crier à l'homme de barre de ne pas s'endormir. C'est elle qui aide à sortir, de nuit, avec un compas douteux, de la barrière de corail d'un lagon où brise la mer. C'est elle qui permet d'entrer, de nuit, dans un port grec sans feux, au bruit du ressac sur la côte ou sur un môle noyé. C'est elle, la reine nocturne.

Le toucher

Il y a peu d'efforts physiques violents sur un bateau (dans la mesure où les guindeaux veulent bien fonctionner...). Mais on en a tout le temps, plein les mains. L'écoute et la barre, la drisse et le bras ; une main pour soi, une pour le bateau ; pèse, embraque, affale, choque, borde, arrime, abat, lofe, étarque, tiens bon, ce sont les mains, toujours les mains qui travaillent. Il ne faut que quelques jours en mer pour que, à ce contact du bois et de la corde, elles reprennent sous le cal une vie d'êtres libres, joyeux compagnons, francs archers qui touchent vite et bien là où il faut, quand il faut.

Les nouveaux venus trouvent que sur un bateau on se cogne beaucoup, et que le toucher, ce sont surtout des coups à recevoir avec bosses et bleus. C'est vrai, si on ne sait ni se caler, ni se tenir, que tout à bord n'est qu'angle, piège, obstacle et chahut. C'est pourquoi sans doute, quand le corps a reconnu et trouvé sa place, équilibré les mouvements, organisé ses propres gestes, quand il est enfin rangé comme le reste du bord et que la tête a fait sa paix avec la bôme et le pied nu avec les taquets du pont, on est particulièrement bien dans sa peau. L'eau, le sel, le vent, le soleil peuvent lui apporter leurs présents.

L'odorat

Un bateau a une odeur, et la mer aussi (même s'il est rare que l'air marin sente l'Ylang Ylang, comme dans l'archipel des Comores). Il faudrait dire chaque mer, et chaque bateau. Il faudrait dire aussi chaque temps en mer, et l'on hume la brise qui vient comme on sent, au nez, la saute de vent ou le grain qui est dans l'air. Chaque heure aussi a son odeur, et celle de l'aube n'est pas celle du crépuscule. C'est une senteur composite. Peuvent y entrer les œufs au plat du petit déjeuner (sur léger relent de gaz butane) ou les vapeurs du potage vespéral aux asperges ; sel et iode ; vernis ancien et peinture récente ; vêtements mouillés ou ambre solaire ; suint, moisi, fruits trop mûrs et talés, bidons de fuel, fonds graisseux, chaleur humaine. Je ne déteste pas.

Une fois, je me suis fait embaucher comme matelot sur un chalutier au nord de l'Écosse, à Fraserburgh. L'odeur, quand on descendait dans le poste, était si forte qu'elle paraissait avoir un poids et vous tomber sur les épaules. Une autre fois, je me suis engagé sur un chalutier italien dans l'Adriatique. C'était le même mélange de sueur, de coaltar, de mazout, de poisson et d'humidité, avec en plus une pointe de friture à l'huile d'olive. Je ne dis pas que j'aime. On s'y fait. Après tout, le whisky, qui sent la punaise écrasée, est un « goût acquis » comme on dit.

Le goût

On a le goût de la mer, ou pas. On le sent sous la langue, dans le palais, dans la gorge, ou pas. Ce n'est jamais acquis, c'est inné. Il ne se décrit pas. On peut dire seulement que c'est un goût fort, mais ne me demandez pas s'il est salé ou sucré, doux ou amer, acide ou basique. C'est le goût de la mer, quoi.

Se nourrir

Vivre en mer, c'est aussi dormir, bricoler, se laver les dents, chanter, coudre, etc., et bien sûr, manger. Je n'ai pas mis comme titre « cuisine » parce que mes compétences gastronomiques sont quasi nulles et que pendant des années j'ai eu pour principe de n'avoir à bord que des aliments « commodes » c'est-à-dire qui ne coulent pas, ne poissent pas, ne surissent pas, ne fermentent pas : en fait, l'anti-cuisine. Avec du sucre en morceaux, des barres de chocolat, des biscuits, une pomme, toutes nourritures qu'on peut mettre dans sa poche et attraper d'une main en en gardant une autre pour le bateau, on peut tenir des heures à la barre. Avec, une fois par jour au moins, quelque chose de chaud.

Voulant ainsi me faire des nouilles et trouvant qu'il était absurde de mettre du sel dans de l'eau douce, dont j'avais peu, alors que j'étais entouré à perte de vue sur 360° d'horizon d'une très grande quantité d'eau salée — à savoir la mer —, j'ai eu l'idée de faire mes nouilles à l'eau de mer.

Erreur fatale qui m'a coûté un paquet de nouilles et qui montre quelle était ma jeunesse à l'époque, la mer étant composée de bien autre chose que d'eau et de sel. A savoir :

	g pour 1 000 g d'eau
CHLORURE DE SODIUM	27,213
CHLORURE DE MAGNÉSIUM	3,807
SULFATE DE MAGNÉSIUM	1,658
SULFATE DE CALCIUM	1,260
SULFATE DE POTASSIUM	0,863
CARBONATE DE CALCIUM	0,123
BROMURE DE CALCIUM	0,076

Plus divers autres éléments :

ALUMINIUM (une noix), BARYUM, RUBIDIUM, ARSENIC, CUIVRE et ZINC (une pincée), SILICIUM (un nuage), URANIUM, MOLYBDÈNE, COBALT, MERCURE, etc. Tout ceci sans tenir compte de la présence éventuelle, ni du grand serpent de mer, ni de la pollution par hydrocarbures.

La recette est de ne pas dépasser un tiers d'eau de mer pour un litre, et de n'y faire cuire que des éléments que l'on puisse peler par la suite, *les spaghetti par exemple ne se pelant pas.* En prime cure d'iode.

L'expérience venant avec l'âge, j'ai révisé mes positions de principe. D'abord, quelque chose de chaud au moins deux fois par jour, le mieux étant au petit déjeuner et au dîner. Un petit déjeuner avec deux œufs sur le plat et du porridge (pour ceux qui supportent) a l'immense avantage de vous caler pratiquement pour la journée. On peut se contenter de grignoter de-ci, de-là. Ensuite, joie des fruits frais. Les étaler pour qu'ils ne se touchent pas sacrifie une couchette mais permet qu'ils ne pourrissent pas trop vite. Le régime de bananes (« commode ») a l'inconvénient, lui, que toutes les bananes ont tendance à mûrir en même temps...

Enfin, bonheur d'un vrai plat, bien fait, justement parce que c'est inhabituel et difficile. Tout l'équipage, moi compris, se souvient encore avec émotion de crêpes flambées réalisées par mon admirable épouse un soir de bon force sept.

Rencontres

Être seul en mer, choisir sa route, composer avec le vent et la vague en mesurant sa toile et fixant son cap, ne serait peut-être pas un plaisir complet s'il n'y entrait aussi un élément supplémentaire qui flatte un sixième sens, celui de la surprise. On ne s'ennuie jamais en mer puisqu'il n'y a pas d'horaires, seulement des jours, des nuits, des aubes, des crépuscules, des méridiennes, qui se succèdent et reviennent si naturellement que la durée semble immobile. En mer, il n'y a pas de « temps morts » : c'est le temps qui est mort.

Ainsi les journées se datent et s'organisent dans notre mémoire au hasard des rencontres et la moindre d'entre elles est l'événement. Voici, au cours d'une traversée de l'Atlantique à la voile, la liste des rencontres.

○ Pour commencer, un OVNI.

Sud-ouest des Canaries, 21 h 30. Pascal est à la barre. De ma couchette de navigation, je l'entends grommeler : « Ça doit être un bateau. Il faut que je réveille le skipper. » (J'ai expliqué au départ, bien sûr, que si on voit un feu de route toujours dans le même relèvement, c'est que la collision est au bout... mais que, par prudence, il faut m'appeler de toute façon dès qu'on voit un autre bateau.) « Non, ça ne peut être un autre bateau — c'est trop brillant. Et il n'y a pas de phares ou balises dans le secteur. Attendons. Eh, eh, mais ça vient sur nous, mais ça vient, mais qu'est-ce que c'est, hé ! Commandant... »

Je suis dans le cockpit. La nuit est très noire, les nuages bas cachant la lune. A 200 ou 300 mètres du bateau, à l'est, une lueur très forte, très blanche, un peu comme un phare à acétylène d'un pêcheur au lamparo. C'est cette lumière que Pascal avait vue au loin et qui d'un seul coup s'est rapprochée tout près de nous. A 2,50-3 mètres environ au-dessus du niveau de l'eau, elle danse très légèrement sur place (je signale qu'il n'y a pratiquement pas de houle). Pascal me demande encore :

« Mais qu'est-ce que c'est ? » Je ne réponds pas, parce que je ne sais pas. La lumière continue une minute ou deux son mouvement dansant toujours à environ 200-250 mètres de distance et à 2-3 mètres au-dessus de la mer. Puis d'un seul coup,

elle part. Après quelques zigzags, elle file en droite ligne et disparaît à l'horizon vers le nord en quelques instants, à une vitesse foudroyante.

○ Un petit cargo hollandais, de jour, hors des routes classiques. Nous estimons qu'il doit aller au Surinam ; pour charger des bananes ou de la bauxite ? On en discute.

○ Un flotteur de chalut. On le regarde défiler avec sympathie. Cela fait une semaine que nous avons quitté la terre.

○ Une hirondelle épuisée. Elle tourne autour du bateau, se pose à bord et va se cacher sur ma couchette, sous la table à cartes. On essaye de l'alimenter sans succès. Nous la retrouverons morte le lendemain, nichée dans mon ciré.

○ Deux mouettes. Elles font des cercles à raser l'eau autour de nous et parfois butent dans la ligne de traîne, ce qui les énerve considérablement. Comme nous aurons deux mouettes autour de nous pratiquement jusqu'à l'arrivée, la grande conversation à bord est de savoir si ce sont les deux mêmes depuis le début, ou si elles changent et se relèvent tous les jours. Pas de conclusion à ce débat.

○ En plein milieu de l'Atlantique, un gros tangon rouge en plastique dont la chaîne s'est cassée. Il a été fabriqué en Norvège et porte à la peinture une inscription en espagnol. Une vie s'est installée à son bord : symbiose de coquillages pieds-debiche et de petits crabes jaunes. On l'embarque, on le déchiffre, on le nettoie, une partie de l'équipage décide d'élever les crabes dans un seau d'eau de mer, on renonce à manger les coquillages, les crabes meurent.

○ Encore en plein milieu de l'Atlantique, un superbe papillon. Je ne sais s'il est né discrètement à bord ou s'il est descendu du ciel. Il disparaît comme il était venu.

○ Des dauphins. Joie à bord, comme toujours, et amitié, quand ils viennent sauter et se gratter le long du bateau.

○ Poissons volants trouvés sur le pont au matin.

○ Pas de dauphins dans la journée, mais six baleines (voir plus haut ma définition de la baleine). Elles font de très jolis jets d'eau pulvérisée. Grande excitation.

○ Deux tiers de la traversée. La houle est forte. La mâture, au loin, d'un très gros pétrolier. Je lui affecte une route golfe de Guinée — côte est des États-Unis.

○ Les mouettes de garde. Des poissons volants.

○ On prend un thon à la ligne. Ce sera le seul. Mangé dans l'heure.

○ De jour, mer belle, alizé bien établi, grand-voile à bâbord, plein vent arrière, génois tangonné à tribord, 5 à 6 nœuds, 17e jour de navigation. Un cargo se déroute largement, vient nous ranger, réduit la vitesse et nous salue très officiellement de trois longs coups de sirène, pendant que l'équipage nous salue de la main. Impossible de lui répondre aussi dignement, car le pavillon est frappé sur le pataras et ne peut être descendu et monté. Le cargo reprend sa route et je peux lire son nom : *Rio-Neruden.* Pas de port d'attache. J'aimerais un jour pouvoir remercier le commandant, nous étions très émus.

○ De nuit, les feux de deux cargos sur la grand-route maritime New York — Le Cap, que nous croisons.

○ De nouveaux oiseaux, des « paille-en-queue ».

○ Encore des « paille-en-queue » et des poissons volants.

○ Des dauphins.

○ Des algues.

○ Des « paille-en-queue ».

○ La Terre.

Mais il y a aussi bien d'autres rencontres possibles, qui rythmeront la traversée. Prendre un poisson, comme je l'ai dit, en est une. Entre Maupiti et Bora Bora, dans les îles Sous-le-Vent, la capture de deux Mai-Mai (coryphènes) aux couleurs éblouissantes et changeantes. Ne pas prendre, mais seulement voir : une grosse tortue de mer qui suit pendant une heure, sa tête de serpent juste hors de l'eau, la carapace agrandie par la réfraction, entre la Sardaigne et les Baléares ; un genre de requin, presque à nous toucher, au large de la Crète. Dans l'Adriatique, au large des îles yougoslaves, un autre genre de requin se prend dans les filets. L'équipage du chalutier le hisse à bord, lui passe un palan autour de la queue, un croc dans la gueule, et le vide intégralement de bout en bout (deux heures après, il se retournera pour essayer d'attraper la jambe d'un marin). Suivant la tradition, on lui ouvre l'estomac. Pas de bouteille avec message, mais les morceaux d'un thon, gros comme le poing, qu'il n'a pas fini de digérer. On mangera les morceaux de thon, poisson cher et rare, à l'huile et au vinaigre pour déjeuner, sans autre cuisson. Je crois avoir été malade. Deux raies *manta* dans un lagon du Pacifique...

La pleine mer est normalement un désert, en dehors de quelques routes de cargo, précises et limitées. Aussi la rencontre provoque-t-elle toujours une sorte d'excitation, presque d'émotion, comme un rai de soleil imprévu qui marquerait un jour dans l'absence de temps.

Au large de la Corse, à l'aube, un pédalo abandonné. Après recherche d'un éventuel baigneur, inexistant (le pédalo s'était seulement détaché de quelque plage payante et organisée...), prise en remorque et remise aux autorités de Bastia (très beau diplôme de sauvetage en mer).

Au large de l'Attique, un soir, un marin gelé

dans un petit caïque dont le moteur était tombé en panne et que le *meltem* avait poussé Dieu sait où. Remorque, et retour à son port. (Pas de diplôme de sauvetage.) Dans le lagon de Mayotte, Comores, océan Indien, une pirogue à balancier faite d'un tronc creux avec deux Français, l'un ex-steward d'une compagnie d'aviation, l'autre ex-hôtesse de l'air, qui ont décidé de vivre ainsi en se nourrissant de bananes et de noix de coco. On leur passe du lait concentré et des jus de fruits en boîte, conversation sans objet, irréelle, pour être poli. Car quoi se dire qui ne soit superflu ? Au sud de l'île de Mallicolo, dans les Nouvelles-Hébrides, Pacifique, admirable côte formée d'un mur de jungle juste frangé de cocotiers et d'un trait de sable corallien, une grande pirogue double, avec voile trapézoïdale, vent arrière. Des Canaques qui reviennent d'une fête. On se croise en silence et comme dans la nuit des yeux se regardent et ne se voient pas. Les Canaques doivent appartenir à un village Nagriamel, dont la philosophie est à peu près : « Votre monde est le vôtre, notre monde est le nôtre, prière de ne pas mélanger. » Ils plantent d'ailleurs au bord des plages devant leurs cases des petits écriteaux gentiment peints avec l'inscription : *Please, keep away,* comme il y en a en Angleterrre pour les pelouses interdites.

Au large de la Crète, le trois-mâts barque

navire-école suédois, toutes voiles dehors. Dans les îles Sous-le-Vent, une petite goélette à hunier.

Mais il y a d'autres rencontres de bateaux où le plaisir est déjà presque celui de l'escale. On a un peu régaté l'un contre l'autre, comme ça, au hasard de routes convergentes, et on se retrouve au mouillage. Ou encore, on mouille dans une crique isolée, et on y trouve un énorme yacht de louage dont l'équipage grec a décidé qu'il ne pouvait quitter cet abri car le temps, les Dieux, le *meltem*, la Conjoncture politique internationale, la proximité de la petite amie du cuistot dans un village de l'intérieur, le lui interdisaient absolument. Car aussi c'est une joie, en mer, de rencontrer de temps en temps des hommes.

Dans l'île de Zambra, au large du cap Bon, j'ai même eu aussi la possibilité d'une excellente partie d'échecs avec un autre navigateur plus ou moins solitaire qui en était réduit d'ordinaire à un jeu plus décousu à coups de cartes postales expédiées dans les cinq parties du monde et sur les septs mers.

Dans la même île de Zambra, avant la partie d'échecs, j'avais reçu une leçon de civilisation méditerranéenne. Je m'étais mis à couple d'un chalutier tunisien. Le patron me demande comment s'appelle mon bateau.

— Le *Laertes*.

— Qu'est-ce que ça veut dire, *Laertes* ?
— C'est le nom du père d'Ulysse.
— Alors, comme ça, Ulysse a vraiment existé.
— Pourquoi ?
— Puisqu'il a un père.

Fortunes

Contrairement à ce que pourraient croire les terriens, Fortune, en mer, désigne une voile qu'on ne sort qu'en catastrophe, et Fortune de mer n'est pas une prise particulièrement inespérée et fructueuse, mais toute sorte d'avarie. Il semble que les marins n'aient jamais considéré le hasard comme une déesse favorable.

Naviguer, c'est même, à tous points de vue, l'art d'essayer de réduire le hasard. Si en cherchant les Indes on tombe sur l'Amérique, passe. Ce qui est impardonnable c'est, comme on dit, de s'embarquer sans biscuit.

Loin de moi l'idée d'établir la liste d'armement idéale, avec inventaire détaillé de la caisse à outils. Sachons seulement qu'il ne faut pas lésiner sur tout ce qui peut ficeler, attacher, capeler, du fil de fer gros format au chatterton en passant par les sandows (ces derniers ne serait-ce que

pour empêcher le gréement de faire diling diling par jolie brise au mouillage et de vous empêcher de dormir...). En ces domaines, chacun a ses marottes. La plus anodine des miennes est la lampe de poche. Chaque passager s'en voit affecter une dès le départ. La nuit est déjà en soi un élément de panique, prenons nos précautions.

Quant aux accidents possibles, dans mes cauchemars viennent en tête de l'horreur la perte de la quille (ça doit être freudien) et l'équipier qui renverse sur lui ou son voisin la bassine d'eau bouillante des nouilles (je touche du bois). Je signale quand même au passage que pour les petites brûlures, rien ne vaut le savon de Marseille, rien.

Feu

Encore une fois, sur l'eau il y a deux dangers : la terre et le feu — éloignons-nous-en. Foin donc des appareils à flamme ouverte. Au diable, une fois pour toutes, l'essence à bord. Il y a vingt ans, je mouille un jour à Ajaccio à côté d'un petit voilier du style héroïque et dont le propriétaire avait une barbe dont il ne cachait pas aux badauds qu'elle avait connu le Pacifique et ses enchantements. Autre accessoire de son numéro de vieux traîne-patin des Sept Mers : une jeune personne à couettes et joues rondes qui grattait de la guitare sur le rouf. Entre deux conseils généreusement accordés à ses voisins (t'as pris du poisson, mon vieux ? Je vais t'apprendre à le faire à la tahitienne...) l'aimable barbu avait passé la journée à installer des jerricanes d'essence sur sa plage arrière, à grand renfort d'arrimages croisés, en expliquant à la population que, pas fou, jamais il n'aurait un réservoir intérieur comme tout un chacun. Le lendemain, tout sautait. Sur un bateau, ce n'est pas tant le réservoir qui est dangereux, ce sont les tuyaux (et les joints).

Voiles

Sauf les spis, race à part, normalement la toile tient le coup. Ce sont bien évidemment les fils des coutures des laizes qui sont le point faible, s'usent au frottement et lâchent. Avant une transatlantique que je devais faire sans voile de rechange, j'ai passé 24 heures à emmailloter de peaux de moutons les barres de flèches, et de textiles variés les haubans et galhaubans aux endroits précis où au vent arrière les coutures portaient sur eux. La grand-voile unique est arrivée intacte. (C'est la ferrure de bôme qui a cassé... mais en utilisant les trous des vis de la ferrure sur la bôme, un bon fil de fer, etc.)

Dans les gréements modernes, le génois prend d'habitude très bas sur l'étai. Il frotte alors souvent sur le balcon avant. Ne pas craindre non plus d'emmailloter un peu le balcon avant. C'est par gros temps, si la voile ne se déchire pas, qu'on se sentira payé de ces petits soins.

Empannage

C'est la terreur des novices mais j'ai vu des marins confirmés se faire prendre par forte houle de l'arrière et un coup de barre maladroit. Si c'est parti, lâcher tout, ou accompagner à la barre si on a des réflexes.

Un soir, au club des Glénans, nous comparions nos traversées de l'Atlantique avec un membre aussi sympathique qu'éminent de cette Confrérie. J'avais mis 23 jours, lui nettement plus d'un mois, alors que nous avions avec des bateaux comparables choisi à peu près la même route à partir des Canaries (celle qui fait passer par le point 25 de latitude nord, 25 de longitude ouest ; et non pas celle qui consiste à arrondir plus au sud jusqu'à presque reconnaître les îles du Cap-Vert). Comme je m'étonnais, il avoua gentiment que sur ce parcours presque toujours au vent arrière mais avec un vent qui se promène un peu entre le nord-est et l'est au gré des formations nuageuses et des heures du jour ou de la nuit, il avait eu la flemme de changer trop souvent d'amure. Au lieu de détangonner le génois traversé et de faire le tour pour ne pas virer vent arrière, il changeait tout bonnement de cap et prenait 10° d'un côté, ou 15 de l'autre, en un agréable zigzag qui maintenait sans autre effort la voilure toujours portante.

On peut quand même virer vent arrière, par temps petit ou moyen. Lofer doucement à la barre, tout en reprenant de l'écoute jusqu'à ce que la grand-voile soit presque en ralingue. A ce moment, la barre de l'autre côté à fond pour accompagner, et lâcher l'écoute. L'empannage se fait donc, mais avec une amplitude de moitié. Deux tours de l'écoute sur un winch et le passage libre d'un côté à l'autre de la barre d'écoute, peuvent aussi servir à amortir le choc. Bien sûr, à ne pas tenter par force 8 et au-dessus !

Au plein

Casser du bois, déchirer une voile, même si ce sont des accidents tout à fait regrettables, conservent quelque chose d'héroïque dont parfois certains seraient presque tentés de se vanter. Comme des anciens combattants exhibant leurs blessures de guerre, c'est à qui aura eu plus de spis ou de focs éclatés au combat. En revanche, il est un accident dont aucun marin jamais ne se vante, qu'il cache au contraire comme une sorte de maladie honteuse, c'est de s'être mis au plein, au sec, bref de s'être involontairement échoué.

Un éclat de grenade dans la fesse n'est pourtant pas plus hilarant qu'une balle dans le bras. Rien à faire : l'un est comique, l'autre est glorieux, c'est ainsi. Dieu sait pourtant si s'échouer est une mésaventure qui nous est arrivée (et nous arrivera) à tous. Rien qu'en famille, j'en connais deux ou trois exemples particulièrement savoureux... Je m'arrête. Cela ne se raconte pas devant des étrangers, pas plus que la mésalliance du grand-oncle ou la bisaïeule qui se piquait.

On peut quand même se demander pourquoi se mettre au plein a ce caractère inavouable. J'avance audacieusement plusieurs explications.

Technique. Ce serait une manifestation caractérisée d'incompétence. Explication rejetée. Casser un artimon par empannage sur faute de barre, comme je l'ai vu faire devant moi par un plaisancier illustre, est au moins autant un signe d'incompétence qu'avoir mal apprécié un relèvement ou négligé l'horaire des marées.

Psychanalytique. Tout ce qui touche aux hauts d'un bateau (voilure, gréement..) est noble. En revanche, ce qui touche aux fonds d'un bateau, sous la ligne de flottaison, a le même aspect obscur, sacré, tabou que ce qui affecte chez l'homme les parties de son individu situées en dessous de la ceinture ; et suscite donc les mêmes sentiments de frustration, complexe et refoulement... Intéressant.

Scandaleuse. Quand un skipper cafouille, s'embrouille dans ses manœuvres, rate un mouillage, pète un tangon, enfonce même un bordé, il peut être considéré comme dangereux, ou ridicule, ou les deux. Ce n'est pas grave. Il n'y a que lui qui soit ridicule. Mais quand il prend contact, par inadvertance, avec la partie plus ou moins solide de notre planète en collant son bateau dans la vase ou en le piquant sur un récif, il fait du même coup perdre à son bateau ses qualités et sa nature de bateau, il le transforme en non-bateau, et c'est le bateau qui devient ridicule. Et cela, c'est vrai, n'est pas avouable parce que tout à fait scandaleux. (C'est en tout cas l'explication que je préfère.)

Si néanmoins, telle mésaventure vous arrive, avant de savoir comment vous la raconterez ou ne la raconterez pas, le plus utile est de savoir comment s'en sortir. Par gros temps et sur une côte au vent, c'est normalement l'évacuation au plus vite, tout conseil technique est inutile, et la seule question qui peut se poser est plutôt celle de la nature de l'ex-voto futur à Notre-Dame de la Garde ou de Recouvrance. Mais souvent on se met au plein dans des estuaires ou rades bien abritées, par ce genre d'eau calme et petit temps qui favorise le relâchement de l'attention. En ce cas deux attitudes sont possibles.

Première attitude :

○ d'abord mettre le moteur à plein gaz pour essayer de se dégager par des marches avant, marches arrière, aussi furieuses que répétées. Tend rapidement à creuser la souille sous la quille et à vous engluer davantage encore en terrain mou, ou à bousiller le bateau en zone rocheuse ;

○ essayer de faire gîter le bateau en invitant tout l'équipage à danser sur un bord pendant qu'un courageux est envoyé en tête de mât, voire en bout de barre de flèche. Distrait un moment ;

○ avec l'annexe, porter une ancre le plus loin possible dans la direction où on veut se dégager. Tout le monde à la manœuvre, main sur main, pour se haler. Pendant un temps, rien ne se passe. Puis un frémissement parcourt l'équipage exténué : ça bouge... Et on s'aperçoit que c'est l'ancre qu'on a réussi à décrocher et qu'on ramène péniblement à bord. Amertume ;

○ la salade. Tout essayer ensemble. Pendant qu'une partie de l'équipage se suspend sur un bord, une autre hale sur l'ancre, le moteur est à plein gaz, les dames sont invitées à se baigner pour alléger le bateau, etc.

Épuisement ;

○ à ce stade d'épuisement, se rappeler que toute mer de ce globe a des marées, même la Méditerranée, au moins d'un pied[1]. On s'est piqué à marée descendante, bien sûr, sinon on se serait décollé depuis longtemps. Attendre que la marée remonte.

Deuxième attitude :

Commencer directement par le dernier point de l'attitude précédente.

1. Dans les mers à fort marnage, et si on s'est vraiment complètement gouré, le bateau peut se retrouver à sec culbuté, surtout avec les quilles modernes en lame de couteau. Béquiller avec ce qu'on trouve certes, mais ne pas oublier que les matelas des couchettes sont les meilleurs amortisseurs de choc qui existent à bord. Ne pas hésiter à les sacrifier.

Le pied marin

Comme chacun sait, l'important c'est d'avoir le pied marin. Il ne s'agit pas seulement d'être plus ou moins insensible au mal de mer. Il s'agit de façon tout à fait générale de savoir se tenir sur un bateau, debout, assis ou couché, être là où il faut, pas là où il ne faut pas, contrôler ses gestes, garder son équilibre, trouver son rythme, faire vite quand nécessaire, faire lent quand utile ; bref, cela va ensemble : bon pied, bon œil.

Si je me laissais aller, j'écrirais volontiers sur le mode lyrique, voire épique, un éloge du pied à bord, réhabilitant ce membre trop souvent méprisé ou négligé de notre individu nautique. Qui chantera ses souffrances, voué à l'humidité rongeante ou à se prendre ses délicats orteils dans les taquets de pont ? Qui fera connaître sa gloire d'avoir sauvé combien de bordés et de barres de flèches en réussissant à déborder de combien de coques et de quais, là où toute gaffe pète et tout bras est impuissant à repousser le choc ? (en étroite alliance de force avec un cul fermement installé, il faut le reconnaître).

Le dictionnaire n'est pas très exaltant.

PIED : *Partie inférieure articulée à l'extrémité de la jambe pouvant reposer à plat sur le sol et permettant la station verticale et la marche.* Pop. : *arpion, nougat, panard, pinceau, ripaton.*

Il y a pourtant bien d'autres choses à dire, qui n'ont rien à voir avec la station verticale et la marche. Par exemple, qu'à la barre, le pied est aussi important que la main. Un barreur mal calé, quant aux pieds, ne peut pas tenir un cap au compas, est incapable de « rencontrer » avec force et subtilité et laisse derrière le bateau un sillage en plat de nouilles particulièrement répréhensible. Le barreur doit être bien assis, si possible dans l'axe du compas, mais surtout avoir les pieds fermement et largement établis de façon à lui constituer une sorte de suspension à la cardan qui amortisse et compense les mouvements de la mer. A ce titre, un cockpit trop large où on ne peut pas se caler sérieusement les pieds est peut-être charmant pour les soirées musicales à l'escale, mais catastrophique pour la navigation.

Oserai-je dire : le pied c'est non seulement la qualité de la barre, c'est aussi la sécurité du bateau. Se déplacer à bord est un art. Se déplacer vite et bien est parfois une nécessité vitale. J'en suis tellement conscient (de l'importance des pieds) que j'ai toujours à portée de la main quand je suis sur la couchette de navigation, avec un démanilleur et une lampe électrique, une paire de chaussures ou espadrilles faciles à enfiler ; pour éviter que le fait d'être pieds nus risque de me retarder dans une manœuvre, me fasse hésiter à courir sur un pont ou sauter sur un quai. La voile est un monde lent, sauf quand il faut foncer.

Lors d'une course croisière autour de Guernesey, un ami décide de réduire la toile. Il fait vent frais, mer agitée et nuit noire. Un neveu (toujours avoir un neveu à bord) s'explique avec la bosse de ris. L'ami, tout à la surveillance de la manœuvre, pose le pied sans s'en rendre compte sur l'écoute de grande-voile juste à côté de l'endroit où elle est prise dans le taquet coinceur. L'écoute saute du taquet, la bôme part comme une catapulte et projette le neveu à la mer, mer qui en ce moment et ces lieux n'était pas du tout jolie. Dieu merci, le garçon a du réflexe, et du muscle. Il n'a pas lâché la bosse de ris, se hale dessus pour attraper le bout de la bôme, et on le ramène tout ruisselant à bord en reprenant sur l'écoute. Double moralité :

○ rien ne m'enlèvera de l'idée que pour une grand-voile, un bon vieux taquet classique autour duquel on tourne l'écoute...
○ avoir le pied marin, c'est aussi savoir où poser le pied, c'est-à-dire où ne pas le poser ! D'ailleurs, apprendre à naviguer, c'est d'abord apprendre ce qu'il ne faut pas faire.

Quand sait-on enfin qu'on a le pied marin ? Quand on n'y pense plus. Mais en ce domaine, point de certitudes définitives. Il peut arriver que le mieux amariné soit un jour malade ou, un instant, n'ait pas le réflexe qui convenait. En revanche, perdre le pied « terrestre » n'est pas un mauvais indice. C'est en débarquant, quand le sol de notre planète paraît se dérober sous nos pas et que le plancher du restaurant (ainsi que la table) semblent dangereusement tanguer, qu'on peut se dire : ça vient. C'est à terre aussi qu'on juge, sinon le marin, du moins le pied marin. Allons-y.

3

ESCALES

Quitter une côte, la voir se fondre à l'horizon avec le banc de nuages ou de brume, et puis, peu à peu, en voir émerger une autre là où on l'attendait, font parties des plaisirs de la mer.

Le plus beau paysage, c'est 360° d'horizon, c'est-à-dire seulement la mer. Plus changeante que le ciel, ses nuages et ses constellations ; plus parlante que tous les dialogues de théâtre, chaque vague et chaque couleur ayant son mot à dire et son message. Mais la beauté ne veut pas dire le bonheur. Le bonheur n'a pas la forme de la mer, il a celui d'une île, d'une île au loin.

C'est un moment d'émotion rare qui s'apparente à l'amour et plus encore à la naissance de l'amour, que celui où le navigateur, après une longue course, voit se dessiner au loin la ligne de la côte qu'il attendait et que seul un œil exercé peut distinguer de celle des nuages les plus bas.

La Désirade (pour celui qui vient d'Europe et va à la Guadeloupe, c'est la première terre aperçue après la traversée de l'Atlantique) n'est sans doute pas la plus belle des Antilles. Ses anses ne sont pas les mieux protégées. Sa végétation n'est pas typiquement tropicale. Et pourtant, elle est bien nommée. Pourquoi ? Comme tout bonheur, elle a été longtemps attendue. Toute île au loin pourrait s'appeler la Désirade.

La mer est une réalité avec laquelle il faut composer, ruser et se battre. Toute île est une sorte de miracle, d'idéal qui un instant se matérialise, autrement dit : une apparition. Ce n'est pas seulement un point sur la carte. C'est un moment dans le temps, juste le temps d'une rencontre. Le bonheur en mer est fait d'îles, c'est-à-dire de brèves et surprenantes rencontres.

Comme le bonheur, chaque île a son secret, donnant ainsi le plaisir de la découverte qui est aussi une forme du sentiment amoureux. Plus l'île est lointaine, plus le mystère est grand, plus fort le sentiment. J'aime Mayotte dans les Comores, Praslin dans les Seychelles, Rodrigues à l'est de Maurice, dix îles dans le Pacifique et autant dans la Caraïbe. Mais ne nous laissons pas captiver par le seul charme des plages vierges de sable très blanc, des eaux chaudes couleur émeraude et des cocotiers penchés sur ces rivages.

Parmi les plus belles îles, il y en a à nos portes.

L'un des plus superbes mouillages du monde est à Chausey et les côtes bretonnes n'en manquent pas non plus. Quant à la Méditerranée, elle en foisonne, les moins connus étant souvent les plus impressionnants. C'est toute la différence entre la beauté et le bonheur. Il y a des cailloux perdus en mer, battus des vents et rongés de sel qui donnent plus de joie que la baie de Rio ou celle de Naples.

Les agents immobiliers vous diront que les propriétés situées dans une île sont de loin les plus demandées, mais aussi, phénomène humain très intéressant sur lequel il convient de méditer, celles qui changent de propriétaires le plus souvent. Les îles seraient donc faites davantage pour en rêver que pour y habiter. Faut-il en tirer la conséquence que le bonheur n'est pas de ce monde ?

D'aucuns ont inventé une sorte de polygamie : ils aiment les archipels. Encore faut-il bien choisir ceux qui sont orientés non dans le lit du vent, mais selon un axe perpendiculaire au vent dominant. Sinon, une fois allé, on ne peut plus revenir. Voici, pour qu'il ne perde ni son bateau ni son âme, le navigateur averti.

Les ports pittoresques ne manquent pas sur nos côtes et sur celles des sept mers. Il en existe de la Norvège à la mer Égée, de la mer Rouge aux Caraïbes. Mais je préfère les mouillages pour lesquels d'habitude il n'existe pas de cartes postales et qu'on peut seulement feuilleter en souvenir dans sa tête. C'est ma plus belle collection.

Après les tribulations de la navigation, mouiller au soir dans une baie sûre, entendre le bruit de l'ancre tombant dans l'eau claire, à l'abri de la terre, sans être à terre comme on l'est dans un port, et avec les bruits de la terre filtrés, épurés, pour que n'en subsistent que les plus significatifs : chant des cigales ou d'un oiseau, appel humain, un cri, un rire...

S'il fallait absolument choisir, j'en citerais trois comme trois illustrations dans un très beau livre.

La Beauchamp ou le spectacle de la mer. C'est une passe des îles Chausey, très sûre quand on y est, même s'il est plus difficile d'y entrer et d'en sortir. On sait que c'est l'une des régions du globe où les marées sont les plus fortes, près de dix mètres parfois entre haute et basse mer. La mer vit devant vous, avec vous, pendant que le décor qui vous entoure se transforme à vue comme par une gigantesque et impeccable machinerie : la mer, les rochers, les îlots, d'heure en heure, changent d'aspect et de nature avec le flot ou le jusant. Depuis mon enfance, j'entends dire que l'archipel des Chausey comprend 365 îles (le nombre de jours dans l'année) à marée haute, et 52 (le nombre de semaines) à marée basse... Les

Parisiens ou les baigneurs s'étonnent et rectifient : cela doit être le contraire... Non, c'est bien dans ce sens-là que la mer respire, parce que ce qui apparaît comme une île unique imposante à marée basse devient, à marée haute, six ou sept écueils quand seuls les sommets se découvrent.

Grabusa ou le temps arrêté. C'est un très bon et beau mouillage à l'extrême pointe nord-ouest de la Crète, entre un cap montagneux grandiose, sorte d'hymne figé à la pierre, et un îlot à pic couronné par un fort vénitien, dernier bastion de la Sérénissime République contre les Turcs. Pas une maison, cinq chèvres, une chapelle, du sable. Et la mer. Le temps n'existe pas.

Les Saintes ou le cœur marin. L'un des mouillages des Antilles parmi les meilleurs du monde et illustre escale de notre navire-école, le *Jeanne d'Arc,* au sud de la Guadeloupe. On peut mouiller sous l'îlot Cabri ou devant le pain de sucre. La marine française a abandonné par-ci, par-là quelques canons de bronze. En face le village avec ses maisons jaunes, bleues, rouges, vertes. Un retraité a construit la sienne en forme de bateau, avec étrave, dunette et hublots. Toute la population vit de la mer, avec la mer. A terre, un bistrot s'appelle « Au Cœur Marin ». Je rêve depuis toujours d'en être le tenancier. Mais comment oublier, dans le livre merveilleux des plus beaux mouillages, tant d'autres.

Porto-Iéraka, côte est du Péloponnèse : un fjord à peine visible de mer, qui débouche dans l'intérieur des terres sur un lac rond bordé d'oliviers. Porto-Giscardo, Ithaque, où le seul feu est un réverbère du quai dont une vitre est peinte en rouge. Le triple port de Nios, dans les Cyclades. Chaque fois des plages, des oliviers, le cri d'un âne, les troupeaux qui rentrent. Ou un quai au ras de l'eau, une terrasse de café au ras du quai, des enfants qui jouent, des hommes assis qui discutent, des femmes noires qui passent. A Folegandros, caillou râpé dans le sud de l'Égée, il y avait un bal chez le barbier itinérant, et tout le bal est venu sur le bateau, en canot, à la nage, jusqu'à ce que je sois obligé de donner l'ordre d'évacuation générale. Mais attendons... Le premier plaisir de l'escale est celui d'entrer et de choisir son mouillage.

Mouiller

Une fois, sur la côte sud de Sardaigne (je parle d'époques anciennes où le tourisme était inconnu), les dames à bord souhaitent se baigner, certaines d'entre elles répugnant à le faire par 3000 mètres de fond, au bout d'une haussière. Soit. Je cherche sur la carte une baie, en trouve une qui a l'air convenable. Nous entrons à la voile et j'aperçois dans la baie déserte un petit promontoire qui offre un abri naturel supplémentaire. Je jette l'ancre sur fond de sable, en évitant les prolongements rocheux, comme il est normal. Par 6 mètres de fond, à 10 mètres de l'endroit où l'ancre a croché, nous voyons alors les ruines de ce qui fut quelque ville ou plus modestement comptoir. Des dalles, des colonnes, des amphores entassées (il a dû y avoir un tremblement de terre ou un glissement de terrain), d'autres amphores intactes posées çà et là.

Ce qui était bon à la voile pour les Phéniciens ou les Grecs comme mouillage, bien évidemment l'est encore à la voile de nos jours, et j'étais naturellement allé mouiller au même endroit. Ce fut comme une fièvre qui nous prit. J'ai eu la même, deux fois sur la côte sud de Turquie.

Mais c'est aussi une sorte de fièvre qui vous prend, en entrant par la passe d'un lagon dans un atoll du Pacifique (Maupiti) ou du canal de Mozambique (Mayotte) écrasé de lumière, bercé de palmes. C'est encore la même en négociant les accès de Saint-Hélier ou de Sercq, ou de Bréhat. Se rapprocher de la terre, rompre peu à peu avec la mer, a quelque chose de physique et de sentimental dont la crainte respectueuse n'est pas exclue. Il y a peu de mystères plus attirants que celui d'une île au loin. Qu'il s'agisse, après une transatlantique, de la bien-nommée la Désirade, dans les Antilles ; ou de Rodrigues, caillou écrasé de typhons où les descendants d'esclaves dansent encore le menuet, au cœur de l'océan Indien.

Parfois c'est l'appréhension du jouvenceau, devant une côte inconnue, alors qu'on n'a aucun plan de port et que l'on se demande ce qui vous attend derrière ce cap, derrière ce môle et qui ne se révélera qu'au dernier moment : flotte de guerre en grandes manœuvres (cela m'est arrivé, et j'ai filé au large rapidement pour éviter un exercice de débarquement avec tirs réels), haussière barrant la passe, épave non signalée en plein bassin, blocs épars le long d'un quai ou au contraire charme inespéré d'un mouillage en eau claire dans un décor de gravure romantique.

Parfois c'est une sorte de jeu, épreuve finale pour mériter son mouillage. Je suis entré ainsi à Famagouste, à Chypre, alors que les Turcs tenaient la forteresse qui domine le port, les Grecs tenant les quais du port au pied des remparts. Mais les Turcs, au fusil, avaient détruit tout feu, toute lampe. Dans une nuit noire, uniquement à l'oreille, nous nous sommes introduits comme des voleurs en contournant les môles.

Parfois c'est simplement la délivrance. Après la pire mer que j'ai connue, 24 heures à la cape, 20 heures de fuite, bonheur de mouiller dans Zonguldak, affreux port charbonnier de la mer Noire, qui nous attendait là exactement où dans le fracas des déferlantes je l'estimais, en composant dans ma tête vitesse par rapport à la mer, par rapport au fond, dérive, déclinaison, point supposé de départ et quelques prières. Il est vrai que, quand j'avais reçu l'autorisation de me rendre à la voile en URSS, bien que je ne puisse indiquer ni le lieu, ni le jour de mon arrivée, l'ambassadeur soviétique m'avait dit : « Excellence, quand on dit merr Noirre, en rrusse,

Noirre, ce n'est pas la couleurr, cela veut dirre môvais, trrès môvais. » C'était un ami.

A bord, chacun regarde la côte qui grossit. On se prend des mains les jumelles. (S'il vous plaît, toujours la courroie autour du cou!) Puis les passes qui se resserrent, puis le mouillage possible. C'est là qu'on attend le skipper pour une démonstration de ses talents à la voile. En rade foraine, pas de problème. Mais dans un port qu'on ne connaît pas, encombré de bateaux, d'haussières, sans jamais savoir exactement combien il y a d'eau à quai... (je signale qu'en Grèce tout pratique local répond à cette question automatiquement : « 4 mètres »), il y a un moment d'émotion. Amener la grand-voile en passant les feux d'entrée, tourner un peu sur foc et artimon pour apprécier la situation ; jeter son dévolu sur un mince espace entre deux yachts qui doivent caler plus que vous, s'approcher sans se prendre dans les mouillages, abattre le foc, mouiller, culer sur l'artimon, déborder, une haussière à terre, déborder encore, une main sur le voisin, un pied sur l'autre, c'est fait. Il n'y a plus qu'à ajuster les défenses, régler les amarres, bricoler un traversier ou un rappel. Et remercier le Ciel si le vent n'a pas brusquement manqué, forci ou sauté.

Un jour à Mykonos, port à éviter absolument car il y règne un *meltem* furibond, je réussis à peu près, les Dieux aidant, ce genre de manœuvre et je crie à mon équipier qui était à l'ancre : « Mouille. » La simplicité du langage maritime lui était inconnue. Il se relève, les bras ballants, et me demande : « Quoi ? »

Il y a aussi l'haussière qu'on lance à terre, mal, et qui se retrouve dans l'eau mazouteuse du port. Rires sardoniques à quai et chez les voisins. Il y a aussi l'ancre qu'on va porter en annexe, et l'annexe est trop légère, et le malheureux rameur fait du sur-place ou dérive lentement vers là où il ne faut pas. On peut aussi (ça m'est arrivé dans la mer de Marmara) mouiller face à une côte et se retrouver au large le lendemain matin. Je m'étais trompé d'un tour de cadran au sondeur et l'ancre n'avait jamais croché. Dieu merci, la brise de nuit est une brise de terre. Il y a aussi l'horreur, quand enfin on se croit mouillé, et que le vent en rafales vous fait chasser, et qu'il faut tout reprendre.

Dans des criques méditerranéennes, où les rafales font facilement 35 à 40 nœuds quand elles vous tombent des montagnes, la solution n'est pas d'affourcher. D'abord, c'est un mouillage compliqué à prendre et à lever. Mais surtout une rafale vient du nord-ouest, puis une du nord-est, au gré des vallées, et on chasse successivement d'une ancre puis de l'autre. La seule bonne solution est d'empenneler, ou d'avoir un poids sérieux qu'on puisse faire descendre le long de la chaîne d'ancre pour réduire son angle par rapport au fond.

Il y a aussi la fureur, quand on se sait parfaitement mouillé, qu'on respire enfin, qu'on allume la cigarette de l'arrivée, et qu'un officiel vient vous expliquer que c'est la place de la vedette, du courrier, de la douane, de la police, de l'amiral, des pêcheurs, bref qu'il faut aller autre part et presto, quick, fissa... J'en garde encore une dent contre les autorités de Dubrovnik, ex-Raguse, en Yougoslavie. Car le nouveau port où on nous envoie (et nous arrivions de Corfou après trois jours de mer plutôt agitée) est bien à 10 milles nautiques de l'ancien où nous venons d'entrer. Il faut faire tout le tour d'une presqu'île et l'orage qui menaçait éclate. Sous des trombes d'eau avec éclairs répétés, sur fond de ciel d'encre, pendant trois heures encore nous devrons louvoyer, éviter des cailloux, passer un cap en jouant les héros d'ex-voto bretons. Nous sommes si fatigués à l'arrivée dans le port moderne que notre seule préoccupation est tristement de chercher un hôtel sans nous intéresser davantage à la vie nautique.

Mais le pire fut atteint à Karysto, au sud de l'Eubée. Nous venions par fort *meltem* de traverser la mer Égée depuis la Turquie. Le canal de Douro, blanc d'écume, avait été une sorte d'épreuve de haute école ou plutôt de rodéo dans la cavalcade des vagues. Enfin le port, vers minuit. Nous mouillons à quai. On se détend, on se couche. C'est le moment, bien sûr, que choisit l'officiel de service pour nous intimer l'ordre d'aller plus loin. Faire semblant de ne comprendre ni le grec ni aucune autre langue est une ruse grossière qui nous coûte inutilement vingt minutes. On va plus loin, au poste indiqué. Il est juste dans le lit du vent, une rafale de gauche, une rafale de droite, et il faut une heure pour bien régler les amarres et porter l'ancre assez loin en avant. A ce moment, nous contemplons notre œuvre prêts à soupirer de soulagement. C'était « hélas » qu'il fallait dire. Le bateau est couvert de sable et de gravier. Le quai au vent est en réparation, un vaste chantier. Tous les matériaux de construction que peut inventer le Génie civil s'envolent à chaque rafale et viennent nous bombarder à bord. La touche finale du désespoir est donnée par deux gros rats qui, sans doute aussi poussés par le vent, s'élancent sur la planche et disparaissent dans le bateau. Vers 3 heures du matin, j'ai relevé l'ancre, largué les amarres et, à 4 milles de là, suis allé mouiller solitairement dans une délicieuse petite baie que le *meltem*, on ne sait pourquoi, épargnait totalement.

Et pourtant, dans un port, dès qu'on est mouillé, et surtout bien mouillé après une élégante manœuvre à la voile, un des premiers plaisirs de l'escale est de voir les autres errer à la recherche d'une place ou cafouiller en essayant d'en prendre une. Ce n'est pas un très joli sentiment, mais comme chacun sait, la meilleure littérature en est souvent dépourvue. Parfois, votre attente est dépassée.

Dans un port du midi de la France, survient un gentil dériveur lesté, toutes voiles dehors. Le jeune homme à la barre avise un espace libre à quai entre deux bateaux et s'y lance avec détermination, vent arrière, tout droit, à toute vitesse. Il heurte donc le quai de plein fouet, dans le nez, ce qui l'arrête, certes, mais si violemment qu'il coule, oui madame, oui monsieur, qu'il coule. Quand on le repêche, il dit, péremptoire : « Et alors quoi ? A la voile, on ne fait pas ce qu'on veut. »

Liste des plaisirs de l'escale

- S'asseoir au bistrot du port pour regarder de terre son bateau bien mouillé.
- Boire frais.
- Consulter un menu à triple volet sans se préoccuper de la vaisselle à faire.
- Traîner.
- Abuser de l'eau douce en laissant couler sa douche, en lavant ses chaussettes dans le lavabo, etc.
- Flâner.
- Prendre une glace au chocolat.
- Se faire raser par un barbier professionnel et laver les cheveux par une main amie. Pour ceux qui ne se rasent pas, promener sa barbe et lui montrer le monde et la ville.
- Voir passer les gens.
- Dormir sur un lit les bras en croix.
- Lire les dépliants touristiques de l'escale.

○ Louer une Vespa ou une voiture et aller visiter une ruine (malheureusement, tombe toujours à l'heure la plus chaude, entre midi et 3 heures), un musée, un palais, une montagne.
○ Se balader le soir venu le long du quai en regardant et commentant les autres bateaux.
○ Dîner en musique, accordéon, guitare, bag pipe, peu importe, suivant la latitude.
○ Aimer.
○ Acheter un journal, et constater que plus ça change, plus c'est la même chose.
○ Ne pas s'inquiéter du vent, mais évaluer entre amis sa force et sa direction.
○ Se faire des visites bord à bord. Il semble que les passagers des plus somptueux yachts veulent toujours aller avec jalousie se prendre les pieds dans les taquets de pont des plus petits, pendant que ceux des plus petits envient les mètres qui leur manquent par rapport aux ponts des plus grands. Lier des connaissances sans lendemain.
○ Si l'escale est dans une île, se laisser prendre au charme des îles. L'esprit humain est ainsi fait que quiconque débarque dans une île se croit un peu un explorateur, même si elle est aussi connue que l'île de la Cité et desservie par le métropolitain.

Se promener, longer une place, grimper sur une colline, entrer dans un magasin, ramasser un caillou, demander son chemin à un naturel, chaque geste, chaque moment prend la valeur merveilleuse d'une découverte. S'en contenter.

Car un autre aspect de l'esprit humain est que, pour lui, le bonheur est en forme d'île. Tout de suite se forme le rêve de s'établir dans l'île. Les marchands de biens savent que les îles sont les propriétés les plus demandées, et celles qui changent de mains le plus souvent. Personne ne résiste longtemps à vivre dans une île, s'il n'est né îlien de cette île. C'est comme mineur de fond ou marin-pêcheur, un « état ». On l'est, on ne le devient pas.

Mais les îles sont peuplées de faux îliens, de nationalités diverses, qui affectent parfois d'y avoir trouvé la sagesse. Ils sont toujours très sympathiques, et jamais très heureux. A Mytilène, il y a une colonie de peintres néerlandophones. A Rhodes, on parle plutôt le scandinave. Un peu partout, des anglo-sexuels vivotent en envoyant à Londres un roman policier ou une traduction tous les deux ans. Le comble du chic est d'être d'autant plus modeste qu'on a laissé derrière soi, à Düsseldorf, Birmingham, New York ou La Garenne-Bezons, une fonction plus honorable. On peut rencontrer dans des archipels particulièrement tentateurs des garçons de café qui ne vous laissent pas ignorer plus de cinq minutes qu'ils sont docteurs en droit et ont un grand-oncle général en retraite. Ils retrouvent d'anciens HEC ou MIT qui font dans l'artisanat indigène, la poterie rustique, le tissage à la main. D'aucuns rêvent d'écrire un livre et, des Baléares aux Galápagos, finiront peut-être par l'écrire si la drogue ne prend pas la relève. D'aucuns rêvent de construire un bateau, et finiront peut-être par le construire s'ils se réveillent à temps.

Aux bords de l'Océan, ils sont comme les îles flottantes de la légende dont personne ne sait très bien s'il convient de les nommer Fortunées ou à la dérive...

Dans les plaisirs de l'escale, ne pas alors se laisser aller à croire que l'île est le signe du renoncement et le cadre de la liberté. L'île, c'est exactement le contraire. L'île, toute île, c'est le maximum de passions avec le maximum de règles. (D'où, dans les îles, la violence des affrontements familiaux, religieux, politiques. Voir quelques exemples sur la carte du monde.)

Dans le sud-ouest de la Corse, au-dessus de l'ancien pénitencier de Chiavari, une femme d'une quarantaine d'années vivait seule en exploitant une petite ferme héritée de son père. Elle était fille unique, la maison la plus proche était à une heure de mauvaise route, elle ne s'était jamais mariée. Son seul contact avec le genre humain était l'épicier ambulant qui passait avec sa camionnette une fois par quinzaine. Elle lui vendait quelques œufs et lui achetait un peu de sel et des allumettes. L'habitude s'était prise, après ce troc, pour la femme de se coucher et pour l'épicier de lui faire l'amour. Puis il repartait dans sa camionnette sur la mauvaise route jusqu'à la quinzaine suivante. Tout ceci semblait se passer à la satisfaction des intéressés et ne gênait personne. Jusqu'au jour où la femme, au moment où l'épicier allait repartir, décrocha le fusil de chasse familial du manteau de la cheminée, et d'une double décharge de chevrotines tua net l'épicier.

Quand un magistrat continental (et à qui il fallait donc tout expliquer) lui demanda avec étonnement pourquoi elle avait commis cet acte, elle répondit seulement : « Pourquoi ? Il fallait bien que ce soit moi qui le fasse, puisque je n'avais pas de frère pour le faire. »

○ Acheter des cartes postales. Traîner encore.
○ Goûter, au soir, l'alcool local.
○ Entendre, à la nuit tombée, d'autres marins raconter des histoires de mer.

A Bora Bora, le directeur tahitien des TP parle d'un ami parti pêcher le thon avec son fils. Le père tombe à l'eau, entraîné par un thon trop vigoureux. Les requins qui suivent le banc l'attaquent et lui enlèvent un bras. Le fils plonge, dégage son père et le remonte à bord. Il meurt en arrivant à terre. Ils auraient dû fixer à l'arrière du bateau, de chaque côté, deux perches de bambou plongeant dans l'eau. Les requins tournent alors en cercle autour du périmètre défini par les perches, sans y pénétrer. A Port-Mahon, Baléares, au bar du port, un pharmacien corse qui fait du convoyage, brandit son petit doigt en l'air et déclare : « Si je suis en vie, ici, à vous offrir un verre, c'est grâce à celui-là : j'ai été emporté par une lame, la nuit, en solitaire, et celui-là, tout seul, a juste touché la filière dans l'eau, dans le noir, alors que j'étais déjà passé par-dessus bord. Ses quatre frères aînés se sont fermés à côté de lui sur la filière, puis l'autre main, et je suis remonté. » Dans une île de l'océan Indien, une dame jeune et élégante raconte un soir dans l'unique bistrot ses pêches au requin, et les requins avec lesquels il faut se taire, et ceux avec lesquels il faut crier, et ceux avec lesquels il faut siffler, et ceux avec lesquels il faut chanter... Elle disparaîtra en mer le lendemain, et j'apprendrai un an plus tard qu'on a retrouvé son corps desséché comme une herbe d'herbier dans un dinghy échoué sur la côte de Tanzanie.

Aux Nouvelles-Hébrides, dans le Pacifique, certains colons attiraient les indigènes sur leurs bateaux pour les enlever et pour les envoyer travailler sur une plantation dans une autre île. Des ignames plantées dans les villages sont attachées aux noms de ces maudits, en attendant la vengeance.

Au temps des splendeurs de l'entre-deux-guerres, quand le coprah se vendait bien, les Messageries maritimes faisaient des escales spéciales au cœur de l'archipel. Les Blancs mettaient leur tenue de soirée, quittaient leurs plantations, louaient une cabine et allaient vivre à bord trois jours et trois nuits de fête : les plaisirs de l'escale à l'envers.

Dans l'océan Indien encore, il existe un archipel appelé Cargos Chagados, ou mieux St. Brendan[1] qui est si bas sur l'eau que, par typhon, la mer déchaînée le recouvre entièrement. Il est peuplé de pêcheurs soumis à des contrats de trois ans et qui vivent là de poissons et de noix de coco. Toute femme est interdite. En novembre, avant la saison des typhons, le gros chalutier de la société, qui ramasse leur pêche, les prend sur chaque îlot et les amène sur l'île maîtresse où un enclos de pierre les protège. Une année, un typhon a balayé l'archipel plus tôt que prévu. Pour se sauver de la mer, les hommes ont grimpé dans les cocotiers et s'y sont attachés. Quatre jours après, le typhon passé, on les a retrouvés tous morts, toujours attachés dans leurs arbres,

1. Nom traditionnel, sur les cartes anciennes, d'îles à la position indéterminée ou à l'existence douteuse, en l'honneur de saint Brendan, moine irlandais qui fut recueilli sur une île flottante.

écorchés vifs par le sable que le vent charriait à 200 km à l'heure.

Et les histoires de baraterie en Afrique, et les histoires de trésors aux Antilles. Et les histoires de fantômes en mer. Et la *Marie-Céleste*... Tenez, croyez-moi si vous voulez, sur le Dogger Bank, un jour, dans la mer du Nord, un pêcheur ivre aperçoit... Mais j'y pense, il y a presque la même dans les mémoires de Slocum, quand le capitaine de la *Pinta,* deuxième bateau de Christophe Colomb, est venu tenir la barre à sa place, en uniforme d'époque, une nuit où lui, Slocum, était malade et que la tempête faisait rage...

○ Raconter aussi quelques histoires de mer. Et les survivants prodigieux ? Et ce midship anglais qui venait de prendre son quart, seul sur le pont, va regarder le loch, tombe à la mer de nuit en plein Pacifique, voit le bateau continuer sa route, calcule qu'on ne s'apercevra de son absence qu'à la relève dans 3 heures 45 minutes, plus 43 minutes pour le chercher à bord et constater qu'il n'y est pas, plus 2 minutes pour que le commandant décide de virer et de tenter de faire exactement la même route à l'envers, et donc que dans 9 heures, 9 heures juste, le bateau doit être de nouveau là, et s'il n'y est pas, lui, il se laissera couler. En attendant, pour survivre, nageant tout seul dans la nuit du Pacifique, il se raconte sa vie. Au bout de 9 heures, le bateau est là. Et l'histoire du canot de sauvetage arrivé à Malte... Mais il se fait tard, ce sera pour un autre soir.

- Oublier la mer.
- La retrouver.

Officiels

Dans les plaisirs mélangés de l'escale, j'ai omis les contacts avec les autorités et autres formes de vie mondaine. Il y a le meilleur et le pire. Il y a des pays où on ne vous regarde même pas. D'autres pays, qui n'ont jamais vu de « plaisanciers », imposent au malheureux skipper une journée de démarches et de formulaires pour cargos de 35 000 tonnes, entre la Douane, la Police, la Capitainerie, la Santé et j'en passe. Ainsi il m'est arrivé de décrire en six exemplaires la santé des rats du bord qui, Dieu merci, n'avaient jamais existé. Les officiels représentant les diverses institutions intéressées aux mouvements portuaires se présentent d'ordinaire par deux. C'est Dupont et Dupond, quand ce n'est pas Laurel et Hardy. Mais gardons notre sérieux, offrons un verre, des cigarettes, et espérons que tout se passera bien, c'est-à-dire ne durera pas trop longtemps.

Je relâche un jour dans un pays où on ne blague pas avec l'honneur national — un autre bateau a reçu des coups de fusil dans ses voiles parce qu'il avait oublié le pavillon de courtoisie. Moi je ne l'avais pas oublié ; mais ayant quitté le bord pour aller prendre un petit déjeuner à terre, c'est mon pavillon national que je retrouve au retour soigneusement découpé au rasoir, les morceaux déposés sur le siège du barreur. La nouvelle fait le tour de la ville. Une heure après, alors que nous étions tous dans le cockpit à liquider un retard de vaisselle de trois jours, tâche peu noble, toutes les autorités, en grande tenue et décorations, s'immobilisent sur le quai face à nous, garde-à-vous et minute de silence, pour une cérémonie de réparation. J'ai posé ma balayette et pris un beau visage grave. Je me suis davantage inquiété quand on m'a prié de rester jusqu'à la fin de l'enquête, qui promettait d'être difficile et longue. Deux pistes étaient ouvertes : celle d'un réseau révolutionnaire voulant perturber les relations au sein de l'OTAN, celle d'une cellule secrète de ressortissants clandestins d'un pays voisin, jaloux de voir le tourisme nautique se développer sur ces rivages. J'ai préféré partir au plus vite avec un certificat m'autorisant à naviguer temporairement sous le pavillon national du Costa Rica (qui n'a jamais été le mien) estampillé de nombreux cachets.

En Yougoslavie, sur la côte dalmate, j'ai rencontré un Américain qui s'était volontairement mis dans le pire des cas. Venant de Corfou comme moi, il était entré délibérément dans les eaux albanaises avec son petit voilier. Arraisonné, emprisonné, il fut l'attraction du pays. Vous pensez : « Un prisonnier américain ! » Puis, quand il eut signé un document reconnaissant avoir « fait une faute contre la souveraineté albanaise », il fut l'occasion d'une plus grande fierté nationale encore et devint alors l'ami et l'hôte de tous. On organisait pour lui des fêtes folkloriques. On le laissa partir avec regret, tout en l'accompagnant en grande pompe jusqu'à la limite des eaux territoriales.

Une année, j'avais décidé d'aller de Grèce en Libye. Trois jours et trois nuits de voile intégrale, jusqu'à notre objectif, Derna, en Cyrénaïque. Un ami belge, copropriétaire du bateau, avait jugé utile de prévenir son ambassade de notre éventuelle arrivée, et l'ambassadeur avait bien fait les choses. Dès que nous sommes en vue de Derna, une vedette de la Marine sort, vient à notre rencontre et nous hèle : « Est-ce que le comte de X... est à bord ? » Oui, il est à bord. Le reste de l'équipage est plutôt impressionné. Mais tout change, quand une fois à quai, habillés, rasés, lavés, nous demandons aux autorités de nous trouver un taxi pour nous rendre à

Cyrène visiter les ruines grecques, romaines et byzantines (admirables). J'avais en arrivant donné comme seul document la liste d'équipage classique, et tout s'était bien passé. Vive la marine. Mais si nous voulons maintenant partir en voiture visiter des ruines grecques, romaines et byzantines, c'est que nous ne sommes pas de vrais marins. De vrais marins ne visitent pas de ruines, qu'elles soient grecques, romaines, ou byzantines. Ils nettoient le pont ou se saoulent au premier bistrot du port. Donc nous étions des touristes, et il nous fallait des passeports et des visas. Or nous n'avions pas de visas, excepté l'un d'entre nous. Mais il s'était un peu égaré dans ces formalités : il avait un visa pour le Liban... Comte de X... ou pas, il n'y avait rien à redire à ce raisonnement : nous ne quitterions pas le bateau.

La situation étant sans issue, j'ai mentionné alors que j'appartenais personnellement à une troisième catégorie tout à fait à part, dite diplomatique, preuves à l'appui. Après quelques coups de téléphone dans les trois capitales que comptait alors la Libye, je fus autorisé, invité même, à me rendre à Cyrène visiter les ruines. Nous partons. La garde me salue, et bloque net le reste de l'équipage. Quatre heures de négociations lui ont finalement permis de se joindre à l'expédition touristique, en tant que « suite de l'ambassadeur ». Après, tout fut rose et miel, et personne ne nous demanda plus jamais un papier.

Un autre danger est la mondanité excessive. Le but, cette fois-ci, était Istanbul. L'année d'avant, j'avais tiré des bords plats pendant trois jours dans les Dardanelles, de la rive d'Europe à la rive d'Asie, contre vent et courant, sans pouvoir passer, même avec tout dessus. Cette année, je n'essaie pas de tirer des bords et je cherche le contre-courant qui longe la côte. Je m'y colle et, le nez sur le sondeur, me tiens entre les fonds de cinq mètres et les fonds de dix mètres. Spectaculaire, et ça marche !

Arrivés à Istanbul, l'ambassadeur de France, qui est un ami, nous invite. Grand dîner, quelques princesses turques. Je suis, comme il est normal, assis entre deux dames. Ma voisine de droite se penche vers moi et me demande ce que je fais dans la vie. Je lui indique que, le lendemain, je compte essayer de remonter le Bosphore pour passer en mer Noire, ce qui sur un bateau à voile n'est pas si facile. Elle se déclare charmée de cette intention, me signale qu'elle donne une fête précisément le lendemain dans son palais des bords du Bosphore, rive d'Asie, près de K... (nom que j'oublie) et que sa petite-nièce, qui nage comme une déesse, sera ravie de m'expliquer les courants, si je veux bien lui faire le plaisir d'y assister. Je m'incline. Ma voisine de gauche alors se penche vers moi et me demande ce que je fais dans la vie. Je lui indique que, le lendemain, je compte essayer de remonter le Bosphore à la voile, ce qui, etc. Elle se déclare charmée de cette intention et me signale que précisément, demain, elle donne une fête dans son palais du Bosphore, rive d'Asie, près de Z... (nom que je confonds) et que si je veux bien lui faire l'honneur d'y assister, sa grande fille qui fait du ski nautique sera ravie de m'apprendre, etc. Je m'incline. A ce moment ma voisine d'en face me demande ce que je fais dans la vie. Je lui signale..., etc.

Le lendemain, nous nous arrachons difficilement aux plaisirs de la terre, et nous attaquons le Bosphore. C'est une sorte de fleuve bordé de villas et de jardins, qui se jette de la mer Noire dans la Méditerranée. Les pétroliers russes le descendent à quinze nœuds, pour garder de la barre (le courant fait parfois six nœuds) avec en tête de mât les pavillons : « ne pas me passer devant », « je ne manœuvre pas ». J'ai d'ailleurs vu un jour, dans un magazine, la photo d'un gros pétrolier qui avait raté un virage, était monté sur le quai et son étrave avait tué dans son lit une dame qui dormait au deuxième étage de sa maison. Nous, nous avons une chance inespérée : un coup de sirocco, vent du sud. Nous remontons le Bosphore toutes voiles dehors, génois, grand-voile, voile d'étai, artimon, en longeant la rive droite pour éviter les cargos qui descendent. C'est l'euphorie à bord, les joies de la voile dans un paysage superbe, et les mondanités de la veille sont bien oubliées.

Quand brusquement nous apercevons une réception sur les pelouses d'un de ces vieux palais en bois qui bordent la rive d'Asie. Maîtres d'hôtel, robes claires, rumeurs de cocktail, buffets champêtres, tout y est. La mémoire nous revient et, malgré nos tenues de matafs mal peignés, nous nous disons que nous ne pouvons plus nous esquiver. On aborde. On débarque. Un membre de l'équipage perd sa culotte. Un peu de confusion, mais tout ce monde est très aimable et pendant deux heures nous dégustons des sorbets en faisant des frais à la ronde. On repart après de grands « au revoir ». De nouveau, tout dessus, superbe ! Un mille et demi plus loin, nouveau palais, nouvelle pelouse, nouvelle réception. Il est tard, il faut profiter du vent portant, nous trouvons que c'est assez de petits fours pour la journée et nous faisons route. Mais, de la rive, on nous appelle énergiquement. Je regarde la carte et m'aperçois que c'est bien là où nous étions invités, et pas du tout, mais pas du tout, au premier endroit ! On aborde, on débarque, un buffet somptueux, des gens charmants, etc. A la troisième réception, j'ai changé de rive.

Il y a aussi des invitations moins grandioses et

qui laissent d'aussi bons souvenirs. Une nuit, en Sardaigne, la *pastasciutta* partagée en famille chez le brigadier des carabiniers qui nous donne pour nous raccompagner jusqu'au bateau une escorte bardée de pistolets dont elle fait des moulinets inquiétants « pour nous protéger des brigands ». Un soir à Maupiti, au bout des îles Sous-le-Vent en Polynésie, la fête chantante pour l'anniversaire du radio de l'île, avec Marc Darmois à la guitare et chœur villageois. En arrivant à la Guadeloupe pour y livrer un voilier à la marina de l'hôtel Méridien, pas de chambre disponible, pas de salle de bains, mais le patron de l'hôtel me demande quelles escales j'ai faites entre les Canaries et les Antilles... Après ça, il n'y avait plus qu'à aller se doucher avec un tuyau d'arrosage, et, en bande joyeuse, manger des langoustes grillées dans la nature. Ce que nous fîmes, très heureux.

Mais les grandes aventures des escales, Christian Jonville enlevé par les pirates et séquestré aux Maldives, tel autre attaqué par un détachement de l'Armée nationale en Amérique centrale et qui ne se sauve et ne sauve son bateau qu'en emmenant au large l'équipage de prise, qui fut tellement malade qu'il fut trop heureux d'être débarqué ensuite n'importe où. Tel autre pris dans une révolution, tel autre fait quasiment roi, tout cela n'est pas donné à tout le monde, même si chacun a sa chance pour peu qu'il navigue vraiment en dehors des routes trop connues ; le danger — au sens maritime du terme, bien entendu — étant l'excès d'honneurs ou son contraire.

Il suffit ! Cela est déjà assez difficile de s'arracher aux plaisirs de l'escale même quand ils sont modestes. Mais il faut savoir que ce sont seulement des plaisirs parce que c'était seulement une escale. Il faut de nouveau humer le vent, choisir l'heure, larguer l'amarre, passer les feux, prendre son cap. Il faut de nouveau naviguer, si l'on veut d'autres escales. Il ne faut pas s'attacher, il faut seulement se souvenir.

Une saison, passant de la Méditerranée à l'Atlantique, je décide de faire croisière en famille le long des côtes de l'ancien Maroc espagnol. Cette côte du Rif, si proche de chez nous, est d'une sauvagerie superbe que normalement on ne peut trouver qu'à des milliers de kilomètres.

Petit temps, puis calme. Or le moteur auxiliaire, pour ne pas changer, manifeste son caractère râleur, sournois et non coopératif en se mettant à consommer plus d'un litre d'huile à l'heure. (J'ai déjà suggéré que ce comportement vient de ce qu'il est appelé auxiliaire sur les bateaux à voile, et que cela le vexe ou, diraient les psychiatres, le traumatise profondément. Il faut donc périodiquement l'étaler sur l'équivalent d'un divan, le démonter et lui faire raconter son enfance.) Les réserves d'huile sont rapidement épuisées et je ne vois pas d'autre solution que de me rapprocher de la côte en profitant des derniers souffles de la brise diurne. Une grève laisse apparaître quelques palmiers et les toits plats d'un douar. Nous mouillons. A portée de voix, trois gamins pêchent dans une barque en fumant du haschisch. Je les hèle pour qu'ils me transportent avec mes bidons vides.

A terre, pas question de trouver un magasin spécialisé ou une pompe. Déclinant les propositions des enfants qui m'ont pris moralement en charge et m'offrent d'entrer en contact avec des grands-pères, oncles ou cousins qui sauraient où quelqu'un saurait comment quelqu'un saurait pouvoir éventuellement trouver de l'huile, je me mets sur la piste qui traverse le village, j'arrête le premier camion qui passe, et négocie avec lui l'achat immédiat de son bidon de secours. Joie générale. Je repars avec les enfants vers la barque.

Au moment où, sur la grève, les chaussures enlevées, le pantalon troussé et les bidons sous le bras je vais entrer dans l'eau, une ombre (la nuit vient de tomber) accroupie sur le sable où elle faisait sa prière vespérale, se redresse et se jette sur nous en exigeant mes papiers ! L'ombre ne parle que l'arabe et un peu l'espagnol, mais je comprends assez vite à son ton de commandement pour corvée de pluches dans cour de caserne, que c'est le gendarme local, seule autorité du pays. Je donne mon passeport. Grave erreur. Les gosses, qui eux parlent français, me disent : c'est un salaud. Il ne te le rendra pas. Le gendarme m'accuse de débarquement et embarquement clandestins, nocturnes car cela aggrave sûrement mon cas au regard du code pénal, espionnage au profit d'une puissance étrangère et menées subversives. C'est la Cour de Sûreté de l'État.

Deuxième erreur grave de ma part : je tente de lui expliquer que je suis un membre du gouvernement français, comme c'est écrit en toutes lettres sur le passeport qu'il détient. *Il ne faut jamais dire la vérité quand elle n'est pas vraisemblable.* Un ministre est un monsieur habillé en complet bleu croisé six boutons, qui se déplace encadré de motards en gants blancs de Résidences Officielles en Palais Officiels. Un ministre ne se rencontre pas entre chien et loup sur une plage déserte, pieds nus, pantalon troussé, avec deux bidons d'huile sous le bras, en compagnie amicale de trois garnements pouilleux. Totalement invraisemblable.

En outre, il est évident que le gendarme local ne sait pas lire. En l'invitant à consulter mon passeport, j'ai ajouté l'insulte à l'erreur. D'ailleurs, on n'y voit plus rien, ce qui lui sauve la face et lui donne une raison de plus de m'arrêter et de me conduire au commissariat.

Me voilà donc au commissariat, ouvert à tous vents. La population, qui n'a pas la télé, s'assemble et s'intéresse. Taux d'écoute élevé. Il est urgent de rétablir les conditions d'une négociation mieux équilibrée. Je m'empare donc de la seule chaise et m'y installe en laissant le gendarme debout. Le public apprécie.

J'explique mon histoire en espagnol. J'abandonne la référence à des fonctions gouvernementales et me contente d'être ancien ambassadeur à Madrid. C'est encore trop. Le gendarme, effrayé par ces complications internationales, et qui a des réflexes administratifs même s'il est analphabète, exige une déposition. Je suis prêt à déposer. Respectons les rites : une déposition dans un commissariat (avant le stade de la signature des aveux), cela se tape à la machine. On l'a tous vu au cinéma. Malheureusement, il n'y a pas de machine à écrire. Le gendarme, confronté à ce problème majeur, décide de ratisser le village pour en trouver une. Je lui souhaite bonne chance. Dès qu'il est parti, pour occuper le temps et pour la dignité, je me fais servir le thé par ses adjoints.

Au bout de trois quarts d'heure, le gendarme

revient, harassé, avec un esclave portant une machine à écrire sur la tête. L'affreuse constatation s'impose alors : personne ne sait taper à la machine. Je suis invité timidement à combler cette lacune moi-même. Je refuse. Où a-t-on vu le détenu taper lui-même sa déposition ? J'ajoute, pour la beauté du geste, qu'à mon avis, il faudrait la présence d'un traducteur-juré.

Moment de flottement. J'en profite pour demander fermement qu'on me trouve deux bidons d'huile de plus, en signalant que plus j'attendrai, plus mes exigences en huile augmenteront. On s'en occupe. L'Autorité Locale décide alors de frapper un grand coup : elle réquisitionne un camion de passage, à défaut de traducteur-juré, et décide de m'emmener chez l'Autorité Supérieure, le Cadi qui habite un bled perdu dans la montagne à 30 kilomètres par des pistes impossibles. Je fais savoir que je serais ravi d'aller saluer le Cadi et d'assister à la fête qu'il ne manquera pas de donner en mon honneur, mais que ma qualité m'interdit les déplacements en camion. C'est évident. Le public approuve car, comme tout public, la constatation des évidences lui paraît la base de toute saine politique. J'annonce ensuite que je réquisitionne, moi, la seule voiture privée du village, garée à côté. Cette conséquence logique fait aussi l'unanimité. La gendarmerie ne sait plus à quel saint se vouer. Je propose de lui sauver la face en inscrivant moi-même sur un cahier mes nom, prénoms et numéro de passeport, après avoir récupéré celui-ci. Tout le monde est heureux et je regagne la barque sur la plage avec deux litres d'huile de plus, entouré de gosses hilares dont le nombre s'est considérablement augmenté. Il est quand même près de minuit...

La baie tranquille

Une île, un mouillage, et l'un des plus beaux qui soit : la « baie tranquille », mer Ionienne. Dans une anse arrondie, des oliviers descendent jusqu'au sable de la grève. Des femmes en longues jupes de laine couleur prune rassemblent des troupeaux, lavent du linge. Des fumées bleues montent dans le soir. Nous mouillons à la voile sans bruit, délicatement, en posant presque l'ancre à la main sur le fond, pour ne pas risquer de troubler l'équilibre du paysage et le bonheur de l'heure, comme si tout bruit incongru allait rabattre ces minces colonnes de fumée bleue, faire fuir ces femmes en jupes de laine prune, disperser ces troupeaux.

Des hommes en barque nous disent bonsoir. Cela nous donne l'idée, comme une évidence, de manger du poisson grillé, et nous leur demandons s'ils peuvent nous trouver du poisson.

— Sûrement, avec plaisir.
— Nous pouvons l'avoir ce soir ?
— Pas ce soir. Demain.
— Demain, à quelle heure ?
— Demain.
— L'ennuyeux, voyez-vous, c'est que, demain, nous voulons aller à Corfou et nous devons partir très tôt.
— Alors, si ce que vous voulez, c'est aller à Corfou, bon voyage pour Corfou. Nous avions compris que ce que vous vouliez, c'était manger du poisson grillé.
La barque s'éloigne.

4

NAVIGUER ENCORE

La côte a disparu.
C'est le moment de se préoccuper de la vie à bord.
La sécurité, c'est le bon état du bateau,
et c'est la bonne forme de l'équipage.

Courir

(Je suis devenu un passionné de la compétition. Mais *La mer est ronde* n'est pas un manuel de course au large. Ne changeons pas de genre.

Je ne suis pas un homme de régates. Il faut aimer les clubs où l'on commente au bar les péripéties du jour, et je n'aimais pas les commentaires et je n'étais membre d'aucun club.

J'ai quand même fait deux fois des courses. Une fois, sur un petit voilier, avec un ami embarqué au dernier moment. Passé la première bouée, il est atteint d'une rage de dents épouvantable. J'avais comme toujours une bouteille de rhum à bord. Je lui traite sa rage de dents au rhum. Il faut plusieurs essais pour trouver la bonne dose. Par solidarité, je participe bien sûr aux essais et au traitement. Quand je m'aperçois que, depuis une heure, nous sommes à contresens de tous les autres bateaux et que je prends soigneusement à bâbord les bouées que tous les autres prennent soigneusement à tribord, j'abandonne dans la plus douce euphorie. L'ami est guéri.

La seconde fois, ce fut en Angleterre, sur le *Morning Cloud* avec Ted Heath pour une course comptant pour la coupe de l'Amirauté. C'était un grand honneur pour moi et j'avais tellement peur de déranger l'ordonnance admirable du bord où l'on n'entendait que les : *in... in... in... out* des équipiers spécialisés dans le contrôle militaire du comportement des voiles, transmis aux équipiers spécialisés dans le maniement religieux des écoutes, entrecoupés parfois d'une indication artistique du navigateur : *Could you make it two degrees more to the left, Sir?* que je me suis bien gardé de toucher à quoi que ce soit. Nous avons fini très honorablement. Ma seule gloire propre a été de parier, seul contre tous, que Colas battrait Terlain dans la transatlantique à venir. La sympathie générale et le whisky au ginger ale étaient inspirants.)

Eh bien, j'ai changé d'opinion. D'ordinaire, on commence par la compétition et on finit par la promenade familiale, un peu comme on passe aussi progressivement, avec l'âge, du dériveur sportif au fifty-fifty (plancher équipé moquette nylon, trois coloris, sur option).

Pour moi, c'est le contraire. Avec l'âge, et après quelques expériences, je suis en train de découvrir la course au large qui donne à l'univers de la navigation une sorte de quatrième dimension : celle de l'excitation permanente.

○ D'abord, il est peu d'aussi beaux spectacles que celui d'un départ avec de la brise, d'un passage de bouée, d'une arrivée un peu serrée, quand d'un seul coup montent les hautes flammes de dix ou quinze spis comme un feu de joie qui prendrait sur la mer.

○ Ensuite, normalement, on dort si peu et on mange si mal que, même sans alcools, toute la croisière se passe dans une sorte de semi-ivresse ou d'état second qui n'est pas loin de celui de la fête. Je l'ai connu alors que précisément le responsable de la cambuse avait oublié, crime impardonnable, le vin rouge et mon témoignage n'est donc pas suspect. L'équipage de dix était partagé en deux bordées, et j'étais à la fois chef de quart de l'une des bordées et navigateur pour les deux. Autant dire que les moments de repos étaient plutôt rares. J'avais d'ailleurs renoncé à occuper une couchette dont j'avais deux fois été éjecté par des changements de bord particulièrement brutaux et je dormais, quand c'était possible, sur le plancher dans les tas de voiles en instance... Bien sûr, mes distingués coéquipiers avaient tendance à allégrement me marcher dessus, mais à tout prendre, je préférais cela à l'effort de s'introduire ou s'extraire d'une couchette supérieure équipée d'une planche anti-roulis ou au risque de valdinguer dans l'espace en rencontrant le mât au passage. Quant à la nourriture, tant que nous n'eûmes pas recruté sur le quai un gentil Américain (qui avait été pris pour le bateau d'une vocation tardive et avait fait le raisonnement qu'étant trop vieux pour prétendre devenir un bon skipper et pas assez costaud pour tirer efficacement sur la queue des mickeys, autrement dit êtres aux winches, il devait se spécialiser en « homme d'en bas », bouffe, préparation des voiles, rangement, emploi d'ordinaire totalement dédaigné mais indispensable), il vaut mieux la passer sous silence. Chacun sait que l'omelette est une spécialité de la cuisine espagnole qui en comporte 324 recettes différentes. Mais toutes les omelettes froides se ressemblent tristement.

Le résultat du manque de sommeil et de la sous-alimentation est, au moins dans une première phase et si la course n'est pas trop longue, cette sorte d'état second que j'ai dit où l'on arrive à accomplir les gestes les plus matériels d'une façon tout à fait irréelle, le doping étant essentiellement constitué par la plus extraordinaire ration d'injures, blasphèmes, jurons et insultes qu'un très petit nombre de gens puisse échanger en très peu de temps dans un très petit espace.

Point trop n'en faut. L'excitation conduit vite à la fatigue et la fatigue à la faute d'attention. Au cours d'un « peeling » de spi particulièrement agité, mon fils Grégoire disparaîtra dans le trou d'homme dont un inconscient avait oublié de fermer le couvercle (celui qui brevettera un ressort refermant automatiquement les couvercles de trous d'hommes, comme une vulgaire porte d'hôtel, devra être considéré comme un bienfaiteur de l'humanité par tous les équipiers « d'avant ») et on aurait pu économiser sans doute quelques bras ou écoutes qui s'envolèrent hors de contrôle.

○ Mais la compétition d'assez longue durée a encore d'autres excitants. La technique de la voile et de la barre y est bien sûr d'une subtilité particulière et c'est un véritable plaisir que de protéger dans les risées un floater léger comme un papier à cigarettes en abattant légèrement (au lieu de lofer) pour le couvrir par la grand-voile. C'est un plaisir que toute décision, tout geste, soit à tout moment un pari, celui de changer de voile, d'amure, de raser la côte ou de tirer au large. Enfin, c'est le plaisir de la surprise.

En mer, toute aube est une surprise. En compétition, c'est une sorte de surprise « animée » dont on ne se lasse pas. La veille au soir, à la tombée du jour, on pouvait voir dix voiles au loin devant, quatre loin derrière, une à côté. La nuit passera, avec parfois une ombre croisée dans l'ombre. Au matin, plus un bateau en vue. Sont-ils devant, ou derrière ? Ou la veille au soir, on était seul depuis des heures. La nuit passe, et on se retrouve en plein milieu d'une flotille qui surgit avec le jour.

Là malheureusement où il y a de moins en moins de surprise, c'est sur le palmarès. Les incidences du rating et l'imagination des architectes font qu'on vous dit froidement qu'un bateau qui a plus de trois ans ne peut plus gagner. Les places d'honneur se répartiront entre ceux qui ont les moyens de financer des sortes de machines à voiles, superbes d'ailleurs, actionnées par des équipages semi-professionnels. L'amateur individuel devient folklorique et les propriétaires n'ont même plus le droit de monter à bord pour éviter les poids inutiles (ils gardent le droit de monter à la tribune recevoir les coupes et serrer la main du président du Jury le jour de la remise des prix). D'accord, je suis gagné par l'esprit de compétition. Mais je crois que je vais fonder une anti-course, avec un anti-règlement et un anti-rating, solennellement récompensée par une anti-coupe : la gagnera le propriétaire de son vieux bateau qui aura couru lui-même et sera arrivé dernier tout à fait heureux.

Non, je suis mordu, et quand on participe à une compétition, cela n'a de sens que si l'on veut gagner.

Pendant des années, j'ai considéré que vivre en mer était déjà si délicat que l'idée de vouloir en plus s'y déplacer le plus vite possible était une fantaisie quasi maladive. Pendant des années, j'ai été convaincu que la mer, comme toutes les personnes qui ont du caractère, l'a mauvais ; et que le fait de la prendre pour une sorte de Vel d'Hiv ou d'anneau de Montlhéry ne pouvait que la vexer et l'irriter profondément. Je n'ai pas changé de conviction sur ce point.

Mais l'expérience même modeste de la compétition m'en a apporté une autre : le plaisir de la course au large est un vrai plaisir marin, différent et complémentaire de celui de naviguer tout bonnement. Et pour avoir ce plaisir, il faut, comme il est normal, le prendre au sérieux. Il faut vouloir gagner. A ce prix, cette sorte d'état second, de semi-ivresse permanente dont j'ai déjà parlé, peut seulement être trouvé. A ce prix seulement la surprise et l'excitation des hasards de la course vous seront données. A ce prix seulement, ce mélange unique d'intuition dans les options de route, de fine technique à la barre et pour les réglages de voilure, de calcul et de brutalité dans la conduite du bateau et de son équipage, seront finalement des plaisirs. Avec la joie de faire mieux que les autres, qui est d'abord la joie de faire donner à un bateau le maximum de ce qu'il peut donner. Comme à un trait de violon, par l'exactitude du doigté, le plus beau son et le meilleur conduit. Comme à un orchestre, le meilleur accord.

Participant à un Cowes-Dinard agréablement venté, je suis à la barre quand nous croisons le « rail » des pétroliers descendants. Il faut voir ce que c'est que ces monstres, à vide, dont la dunette est à plus de quinze mètres au-dessus de l'eau, soit cinq étages d'immeuble, alors que soi-même on est modestement assis au ras des flots. Il y en a un que j'aperçois depuis un moment dans le même relèvement. C'est donc la route de collision évidente. Je le signale une fois, deux fois, et pourtant le propriétaire du bateau sur lequel nous courons me fera garder le même cap jusqu'au dernier moment, jusqu'à toucher la coque du pétrolier, jusqu'à lui passer au ras des hélices. Car plus on passe loin, plus le cône de déventement est large, plus le temps de déventement est grand et plus on risque de perdre de secondes...

On apprend toujours. La course est une école permanente plus dure encore que la croisière parce que le dosage de chance abusive et de risque calculé y est encore plus subtil et plus périlleux. Il y a les coups d'audaces superbes, comme le bord au large de Bruno Troublé, qui permit à France III de battre une fois l'Australien au cours des régates pour la coupe de l'America. Il y a l'admirable tactique de Gahinet et Riguidel dans la Transat en double prenant en chasse Tabarly cinquante nautiques au nord-ouest de sa route, parient que s'il doit y avoir du gros temps il vient d'habitude de là, et donc qu'ils « toucheront » le vent avant lui. Il y a les fantastiques arrivées de régates après des navigations de plusieurs semaines à travers un océan comme le duel final Birch-Malinovsky dans la *Route du Rhum* avec moins de deux minutes d'écart ! Il y a le courage, la science, l'expérience et encore la chance dont il faut savoir profiter sans jamais accuser la malchance. Il y a aussi la ruse.

Parfois, dans une compétition, deux bateaux restent presque bord à bord, l'un juste derrière l'autre, pendant des heures sans pouvoir se départager. La main sur la barre, l'œil rivé sur les voiles, tout l'équipage sait qu'un seul moment de déconcentration suffira pour que l'un des deux l'emporte puis, mystérieusement, creuse l'écart de façon irrémédiable.

Un jour, ou plutôt une aube, deux bateaux se trouvent ainsi dans une compétition internationale à courir l'un contre l'autre isolés du reste de la flottille et non loin d'une côte. La brise est très faible et une épaisse brume fait que d'un bord à l'autre on se distingue à peine, mais on s'entend. Sur le bateau le plus près de la côte, le skipper a un équipier qui imite parfaitement les cris d'animaux, talent de société jusqu'à présent jamais valorisé en mer. Il lui demande discrètement d'imiter le chant du coq. Deux fois. Sur l'autre bateau, trompé par la qualité du chant, la réaction est immédiate : nous sommes beaucoup trop près de la côte, nous allons nous mettre au plein sur les hauts-fonds, changement de bord d'urgence. Ils perdent la compétition.

Un ami, dont je tairai bien sûr le nom, participant très jeune à un championnat national de voile, se trouve en tête dans le sprint final au vent arrière, juste derrière le tenant incontesté du titre. A chaque fois qu'il essaie de le passer, l'autre lofe et le dévente. Rien à faire. Sauf si cet autre avait une seconde, juste une seconde d'inattention... Alors qu'ils sont à quelques mètres, l'ami jette habilement — pas vu, pas pris — un petit boulon dans le cockpit de son concurrent. Le champion, au bruit, jette un coup d'œil inquiet dans son cockpit, puis lève un autre œil inquiet vers sa manille de tête de mât, craignant que ce ne soit elle qui se soit détachée. C'est fait, il est déconcentré, l'ami le passe, la ligne d'arrivée est en vue, il a gagné, c'est lui le champion désormais. Comme le disait Bossuet à l'enterrement de je ne sais plus qui, « au début de toutes les grandes réussites de ce monde il y a quelque chose qui fait trembler ».

Revenons, sans peur, à la croisière.

Mécaniques

D'abord il faut essayer de faire sa paix avec les divers engins mécaniques, en sachant qu'il n'y a jamais de paix, seulement des armistices.

Si l'on est sérieux, il faut un moteur fixe, Diesel. Encore doit-on être convaincu qu'on ne navigue pas au moteur. Seule la voile, si le vent se lève, permet de manœuvrer vite et bien. Seule la voile, si la mer est forte, appuie le bateau et est sûre. Même par calme plat, et à moins que l'on ait transformé son navire en pétrolier avec bidons sur le pont, le moteur ne peut servir qu'à aller chercher pendant quelques heures le vent un peu plus loin ou faire patienter l'équipage qui s'énervait. L'utilisation légitime et sage d'un moteur, c'est en cas de courant contraire à remonter, de nécessité de se déhaler d'une côte quand la mer y porte et que le vent est tombé (mais pourquoi s'être mis si près de la côte ?), de manœuvres au mouillage si le vent ne les permet pas, de souci d'améliorer au près, pour un temps, d'un bon 5° le cap que donne la voile. Ce dernier cas est le plus utile et le plus fréquent.

Le moteur, quand il est en panne, occupe aussi très bien l'équipage. Point trop n'en faut. J'ai assez soufflé dans des injecteurs et couru après des mécaniciens avec Blaise, Jacques, Baudouin, Jean-Pierre et quelques autres cousins ou amis pour considérer que les opérations de démontage et montage peuvent être un passe-temps, mais pas le but d'une croisière.

J'avais décidé de remplacer sur mon bateau un vieux Stuart-Turner à essence par un Diesel. J'avais écrit en Angleterre à l'architecte du bateau, Arthur Robb, pour qu'il m'indique un moteur de volume conforme et qui ne casse pas les lignes d'eau du voilier. Un an après que j'eus installé ledit moteur idéal, la firme productrice tombait en faillite et le bricolage commençait. Une année, il perdait toute son huile. Une année, il fabriquait industriellement du noir de fumée qui recouvrait tout à bord. Une année, il n'y avait plus d'embrayage. Une année, il n'y avait plus de démarreur. Avec quelques parents et amis, nous sommes devenus les champions du lancement de Diesel à la manivelle, ce qui n'est pas rien. C'est fini. Je veux un moteur qui marche, même si on ne s'en sert pas. Sécurité.

Presque tout dépend des batteries. Trop souvent on pense à les charger, mais pas à remettre de l'eau. Se trouver sans lumière et sans démarreur est démoralisant. Passer son temps à éteindre des lampes après les passagers est fastidieux et irritant. Or, sur un voilier, on doit rationner l'électricité presque autant que l'eau douce. Une bonne solution est d'avoir un alternateur au lieu d'une dynamo, et un double circuit : l'un pour le démarrage du moteur, l'autre pour tout le reste à bord, lumières, frigo... Il est utile que le frigo, s'il y en a un, se débranche automatiquement quand la charge de la batterie devient trop faible.

Je n'ai pas encore compris pourquoi l'hélice, quand elle tourne toute seule parce qu'on a fait six nœuds à la voile, ne pourrait pas nous fabriquer dans la foulée un peu d'électricité. Je suis prêt à prendre tout brevet en participation. Mais pour moi l'électricité est encore une Fée, comme on disait au XIXe siècle, autrement dit je n'y connais rien. En attendant, je ne mets pas les feux de route sauf en cas de rencontre et je prends des provisions de lampes à piles.

La pompe de cale fait partie aussi de la sécurité de base et doit fonctionner facilement et impeccablement. Une nuit, dans l'Adriatique, un cousin à la barre regardait les étoiles. Sur ma couchette (tribord) j'entends l'eau normalement de l'oreille droite. Je me réveille, parce que je l'entends de l'oreille gauche. La pompe de cale aspirait la mer dans le bateau, contrairement à sa fonction naturelle, et il y avait déjà 35 centimètres d'eau au-dessus du plancher, avec un léger clapot. Tout ça n'est distrayant que de jour et s'il fait beau, ce qui n'était pas le cas.

Autre mécanique à bord plus diabolique encore : les W.-C. Leur utilisation et leur maniement exigent une sorte de conférence de presse au début de chaque croisière. Il faut reconnaître que la coordination de deux ou trois manettes et volants quasi inaccessibles et d'un ou deux leviers à placer en positions diverses dépasse l'entendement d'une passagère moyenne.

Il y a parfois un mode d'emploi sur une petite plaque. En se mettant à quatre pattes sur le plancher, on a une chance de pouvoir le lire, certainement pas de le comprendre. Et pourtant on ne peut pas envoyer tout le monde dans les haubans ou sur le balcon arrière, même si ça fait vieux loup de mer aux Glénans. Donc, ne pas craindre d'expliquer, avec démonstration.

Cuisine. Une longue guerre de religion a opposé les partisans de la cuisine à la descente, et ceux qui la reléguaient après le carré pour laisser à la navigation tout ce qui est près du cockpit. La formule navigation à bâbord, cuisine à tribord juste à la descente, donc à côté du cockpit, me paraît finalement la meilleure car la plus propre à assurer l'unité de la vie sociale à bord.

Guindeaux. Pour mémoire, ne marchent jamais, trop lents, la chaîne se coince sur elle-même, il faut toujours en venir à haler l'ancre main sur main. Peut-être que sur les paquebots...

Sondeur, loch, speedomètre... Sympathiques et agréables. Meublent bien un tableau de bord. Peuvent éventuellement être utiles. Pour les bateaux qui courent, il y a encore d'autres gadgets distrayants.

Bouts

Bouts et hélice, c'est chien et chat. Qu'ils restent le plus loin possible les uns de l'autre. Et que les premiers, jamais, jamais n'aillent à l'eau. Vérifier donc périodiquement les nœuds d'arrêt en extrémité d'écoutes.

Une nuit en mer Égée, je naviguais contre un mauvais clapot. Pour gagner du temps en améliorant mon près de quelques degrés, j'avais mis le moteur qui, par hasard, avait accepté de fonctionner. Pour mieux remonter encore, je change de foc : on passe du génois au yankee. Un équipier laisse filer l'écoute qui se prend dans l'hélice. Arrêt net du moteur. Il a fallu que nous prenions un bain de minuit, avec un masque, une lampe électrique étanche et un bon nœud de chaise sous les bras, pour aller voir sous le bateau et dans la houle ce qu'il en était. Je m'en suis tiré sans être complètement assommé mais en ayant bu un demi-litre de Méditerranée. Les tours sur l'hélice étaient si nombreux et serrés qu'il était impossible de les défaire dans ces conditions acrobatiques. Tranquillement j'ai changé de cap, je suis allé à la voile mouiller à l'abri d'une autre île, nous avons attendu le jour et Nadine dans l'eau claire a démêlé la pelote.

Autre mésaventure nocturne, qui aurait pu tourner beaucoup plus mal (d'abord, pourquoi ces sacs d'embrouille arrivent-ils toujours de nuit ?). Nous avions mouillé à Giannutri, petite île de l'archipel Toscan qui est un cratère de volcan ouvert d'un côté sur la mer, dans le fond d'une étroite calanque au fond du cratère lui-même. Abri presque parfait. Malheureusement, vers une heure du matin, je suis réveillé par le sifflement du vent dans les haubans et le bruit du ressac contre la côte qui est à 30 mètres à peine. Le coup de vent, brutal, entre directement par la passe et est juste dans l'axe de la calanque. Comme diraient imperturbablement les *Instructions nautiques*, « il convient de dérader d'urgence ».

D'abord hisser l'artimon, par réflexe. Puis moteur, pour aider l'ami équipier qui hale la chaîne d'ancre. Mais ledit ami équipier, avant de remonter l'ancre, a remonté à bord le poids qu'on laisse glisser sur la chaîne pour améliorer sa tenue. Dans le noir, il a laissé filer à l'eau le bout.

Au moment où, en attrapant le bras de l'ancre triomphalement il me crie « dérapé, c'est clair devant », le bout à l'eau se prend dans l'hélice et le moteur se bloque. Pas question de mouiller de nouveau : nous sommes maintenant à quelques mètres de la falaise et l'eau blanche du ressac revient bouillonner jusqu'au tableau arrière. Comble de malchance, c'est le génois qui est à poste. Sur l'artimon seul, avec le vent contre et la houle qui se lève dans le nez, pas question de remonter. Pas question non plus de hisser le génois et de tirer des bords avec lui dans 50 mètres de large : on perdrait trop d'eau, trop de temps. Je hisse donc à la va-vite un tiers de génois, et l'ami équipier fait les changements d'amure à la main, en empoignant le point d'écoute et en promenant à la demande la poche de voile ainsi constituée pendant que je manœuvre, écoute d'artimon aussi à la main, pour ne perdre ni une seconde ni un mètre. Après 300 mètres d'un tel louvoyage, on est sorti de la calanque et on peut établir la voilure.

A l'aube dans une autre île, 40 milles plus loin, le problème sera seulement de trouver une place à quai et de pouvoir dormir un peu dans le vacarme touristique propre aux côtes italiennes : haut-parleurs et rugissements de motos.

La plus belle histoire de cordages

La plus belle histoire maritime de bouts ou de cordages s'est passée en pleine terre, au XVIe siècle, tout simplement sur la place Saint-Pierre à Rome. Le pape avait décidé d'y élever un obélisque qui gisait dans les ruines de l'amphithéâtre. Pour le redresser et le mettre sur son socle, un système de cordages et de palans longuement calculé avait été établi. La population entière de Rome était invitée à assister au spectacle, mais l'opération était si difficile et si risquée pour l'obélisque, compte tenu de sa taille et de son poids, que le pape avait interdit, sous peine de mort, que le moindre mot soit prononcé pendant l'ensemble des manœuvre pour éviter pagaille ou affolement.

Dans un silence donc religieux, mais haletant, la foule assiste à la levée progressive de l'obélisque. Au début tout se passe bien et celui-ci progressivement se redresse. Mais, précisément au moment le plus dangereux où il fait un angle d'à peu près 70 degrés avec la terre et où tout son poids risque de l'entraîner, les machines se bloquent. Il est impossible de gagner sur les câbles les quelques centimètres ou les quelques mains nécessaires pour le redresser un peu plus. Toujours dans le même silence, la foule attend que les cordages se rompent et que l'obélisque s'écrase. A ce moment un ancien marin, perdu dans cette foule, n'y tient plus et malgré l'ordre du pape s'écrie : « Mouillez les câbles ! » Avec des seaux d'eau on mouille les câbles, ils se raidissent, ils se rétrécissent et font gagner ainsi juste la longueur qu'il fallait pour que l'obélisque se redresse suffisamment et se pose sur sa base. Le marin n'a pas été exécuté, mais lui et toute sa descendance reçurent le bénéfice du monopole de la vente du buis bénit à la sortie de l'église à Rome, le dimanche des Rameaux...

Voiles

Je me souviens de la réaction offensée du commandant du *France* quand un reporter de *Paris-Match* lui avait demandé de prendre la barre pour la photographie officielle. Sur un voilier aussi, sauf exceptions diverses (gros temps à l'arrière, nécessité de gagner quelques degrés dans un près pour passer un cap, ou encore de temps en temps par plaisir, ou par devoir pour relayer un équipier...), un skipper ne touche pas à la barre. Mais pour le grand public, commander un bateau, c'est barrer !

Il faut donc apprendre aux nouveaux venus qu'un bateau ne se gouverne pas à la barre, mais à la voile. Normalement, le barreur a la tâche modeste de conserver la ligne de foi dans une plage de moins de 10° et si possible de 5° en s'arrangeant seulement pour que les écarts d'un côté ne soient pas plus durables ou nombreux que les écarts de l'autre côté. La pire méthode est de garder l'œil fixé sur le compas.

Non, il doit regarder la mer, entendre le vent, et surtout regarder, entendre, sentir ses voiles. Comme ni la mer ni le vent ne changent d'angle à chaque instant, c'est la voilure qui parle le mieux et dit si on conserve le cap, si on le perd, si on peut l'améliorer.

La voile est l'école de l'attention, et des attentions. Elle enseigne le soin dans le détail, la non-passivité, la capacité de se mettre à tous moments, en quelque sorte, à la place de l'autre, l'autre étant ou le foc, ou le spi, ou quelque autre voile encore dans son sac... Est-ce que, si on lui lâchait deux à trois centimètres, le génois ne travaillerait pas mieux, et tout le bateau n'en serait-il pas plus heureux ? Est-ce que si je bordais un peu l'artimon, je ne déventerais pas moins ma grand-voile, et nous aurions alors toute la satisfaction d'aller à la vitesse qui doit être vraiment la nôtre ? Et si je remplaçais le génois par le yankee, et si je changeais d'amure, et si je tangonnais, est-ce que le bateau ne serait pas plus équilibré, et il y aurait donc moins de barre à donner ? Puisque la barre est parfaite seulement quand il n'y a plus de barre...

Voilà ce qu'avec le nez, l'œil, l'oreille, le toucher, le goût, il faut se demander et sentir sans cesse ! Voilà le plaisir de la voile et sa leçon ! S'il s'agit seulement d'avancer en tenant un cap, autant passer au moteur !

La navigation de haute mer, par rapport à la régate, ajoute bien sûr une troisième dimension à cette géométrie de la voile : celle du temps qui change, du grain qui monte, du danger à parer, du sommeil à préserver, de la route à choisir : celle de la vie en mer. Alors, ce n'est pas seulement à l'instant qu'il faut prendre garde. L'attention au détail de la voile doit se composer sans cesse avec une sorte d'attention lente, diffuse, générale, à l'égard du gréement, de la forme des nuages, de la qualité de la cuisine, du moral de l'équipage, de la couleur de la mer, qui seule permettra d'arriver dans quelques nuits, dans quelques semaines, heureusement là où on le souhaitait.

Journal de bord

Autant il m'a paru toujours assez prétentieux et plutôt ridicule de tenir un journal de bord quand on cabote gentiment de Noirmoutier à Bénodet ou de Jersey à Saint-Cast, autant c'est nécessaire en longue traversée. D'abord, il paraît que c'est utile pour les compagnies d'assurances en cas de sinistre... mais surtout, seul le contrôle des notations régulières de points et de lochs permet parfois de déceler l'erreur absurde. Dans le va-et-vient entre le cahier où je faisais mes calculs et la carte marine sur laquelle je traçais la route, j'ai un jour reporté un point avec, tout bêtement, un degré de longitude d'écart. Par la suite, plus rien ne collant, la lecture du journal de bord m'a permis de repérer la faute et de la corriger. Un neveu qui faisait son service dans la marine m'a raconté qu'en reportant son estime sur la carte il s'était trouvé en plein continent.

Après vérification, son prédécesseur de quart avait totalisé les estimes antérieures à partir du méridien de Paris et non de celui de Greenwich... Mais, paraît-il, dans la Marine nationale, le point astronomique, désormais on s'en passe. Le radar vous prévient cinquante milles à l'avance en vous disant où est la côte. Et s'il faut lancer quelques ogives avec précision, deux ou trois satellites stationnaires vous font savoir exactement où vous êtes.

Le point

Le meilleur résumé pour le point astronomique est sans doute l'annexe du livre d'O. Stern-Veyrin, *Solitaire ou pas*.

En fait, chacun de nous a plus ou moins sa méthode, son pense-bête, ses tics personnels, pour se servir d'un sextant et des tables de navigation. Il subsiste une sorte de magie à pouvoir dire au milieu de la mer, après consultation du soleil, des étoiles et de vastes et diverses colonnes de chiffres : « Voilà. Nous sommes ici. »

Il n'y a pas d'autre explication au fait qu'il n'y ait pas eu davantage de mutineries dans les siècles passés. Quand on se souvient comment étaient recrutés les équipages de la marine à voile, de guerre ou de commerce, en ramassant dans les bas-fonds des ports les chômeurs, les truands et les malfrats après les avoir saoulés et si ça ne suffisait pas, à coups de gourdin, c'est un mystère que de tels équipages n'aient pas plus souvent jeté leurs officiers par-dessus bord pour aller courser le galion, trafiquer le nègre ou chercher le trésor à leur propre compte. C'est un mystère, sauf si on se rappelle qu'ils ne savaient pas faire le point... La mutinerie du *Bounty* réussit parce que c'est l'officier en second qui en prend la tête. Mais sans sextant et façon de s'en servir, où aller, car, d'abord, où est-on ?

Dans une longue traversée, méridiennes, hauteurs égales et droites de hauteur sont indispensables. (Sur une traversée de l'Atlantique, une erreur au compas de 5° dans un sens ou dans l'autre au départ fait bien une plage de 400 à 450 milles à l'arrivée.) Mais il ne faut pas oublier que la base de tout point, même astronomique, reste l'estime.

C'est à partir d'elle qu'on va déduire la longitude supposée. C'est ensuite elle seule qui permettra de déceler l'erreur idiote d'observation ou de calcul (additionner des secondes et des minutes, noter 15 h GMT pour 5 h de l'après-midi...) parce que le résultat serait trop incohérent. C'est enfin par rapport à elle qu'on tracera sur la carte la droite de hauteur. Or, l'estime ne se fait pas une fois par jour, ou même trois fois par jour. C'est une opération continue.

Il ne faut pas se demander à midi ou le soir : « Tiens, combien ai-je fait dans la journée, et dans quelle direction réelle ? » Non, il faut toute la journée penser dans sa tête : « Le cap magnétique est de 165. Cela fait à peu près 151° de cap vrai, entre 151 et 152. La houle est tribord, j'ajoute 3° de dérive, non 4, non 3 parce que je change d'amure. Mais il faut rajouter 1 ou 2 parce que je vois bien que le bateau est ardent, et que le barreur se laisser aller à lofer trop souvent. Il y a toujours un côté où l'on appuie le bateau plus qu'un autre. Bon. Trois heures à 5 nœuds, par rapport au fond 5 nœuds et demi. Dans deux heures, si ça continue, on devrait être par ici, et voilà ce qu'il faudra compenser pour garder la route... » Le soliloque muet du skipper, c'est la garantie de l'estime. Et ça l'occupe sur sa couchette.

Une méthode de point, peu utilisée je ne sais pourquoi, est tout simplement de relever l'heure le matin et le soir quand le soleil tangente l'horizon. Il n'y a donc besoin ni de tables, ni de sextant, seulement des éphémérides et d'une bonne montre. Par exemple, en longitude, par rapport à l'heure du lever ou du coucher à Greenwich que donnent directement (ou par interpolation) les éphémérides, une minute de temps d'écart égale 15 minutes de degré. Sans être sorcier, il est quand même possible d'apprécier une tangence à 10 secondes près, donc de définir sa longitude avec moins de 3 minutes de degré d'erreur. C'est déjà pas si mal. Et quand j'ai pris pour l'observation 10 secondes d'erreur possible je crois avoir été généreux... (L'indication de l'azimut, donnée aussi par les éphémérides, est beaucoup moins utile, car les variations de relèvement sont trop faibles par rapport à la précision possible d'un relèvement.)

Cette méthode très commode peut servir au moins à vérifier d'autres calculs plus savants, sur longues traversées. Sur courtes traversées, elle me paraît tout à fait suffisante pour contrôler l'estime. Il semble me souvenir que Slocum y avait recours régulièrement. Ce qui est vrai, c'est que sous les tropiques elle ne peut le plus souvent être utilisée, l'horizon au lever du soleil et au coucher étant normalement masqué d'un banc de nuages. Sur une transatlantique, je n'ai pu l'utiliser que cinq fois sur un total de 46 levers et couchers du soleil. Dans la Manche ou en mer du Nord... mais dans la Manche ou en mer du Nord, il y a la gonio.

Si j'avais à donner des cours de navigation, j'apprendrais donc dans l'ordre aux débutants :

○ à se servir d'une règle Cras ;

○ les exercices pratiques et répétés d'estime par divers temps (vitesse, dérive, etc.) ;

○ les points gonio et *Homing* (pain quotidien de tout navigateur dans nos eaux) ;
○ la méthode horaire lever — coucher avec éphémérides ;
○ les méridiennes, hauteurs égales, droites de hauteur avec sextant et tables H.O. 249.

Matériel

J'ai relu le chapitre précédent et d'un coup je me suis senti un vieillard. Pire qu'un vieillard, un revenant, un fantôme. En prenant simplement connaissance de la liste des matériels électroniques offerts aux navigateurs de plaisance lors du dernier Salon nautique. Je résume comme peut le faire un non-spécialiste, en espérant que le dieu des puces y retrouvera les siennes. Puis je me suis senti un jeune homme : j'ai eu envie de tout essayer.

Pour les communications, laissons de côté les VHF bidirectionnelles, mais saluons les BLU qui peuvent être couplées avec un modem simple et un micro-ordinateur faisant office de terminal. J'apprends d'ailleurs qu'une antenne multifonctionnelle permet de recevoir sur le même brin la BLU, la VHF, le Decca, le Navtex, le Loran et un récepteur de carte fac-similé. En y ajoutant un brin circulaire, on a droit aussi au Satnav et à la télévision. Pour le positionnement (ce qu'on appelait autrefois le point quand je n'étais pas encore un fantôme), divers appareils permettent de vous donner la précision décamétrique de jour et hectométrique de nuit.

Avec tous ces renseignements, il vous faut bien sûr une table à carte informatisée, qui marquera électroniquement le déplacement du bateau, tracera votre route, calculera vos caps et vos distances. Plus, paraît-il, quelques fonctions particulières non précisées, dont je me demande si elles sont vraiment correctes et ne relèvent pas plutôt du minitel rose.

Aucun cerveau humain ne peut utiliser autant d'appareils et traiter autant d'informations scientifiques. Il est donc indispensable de prévoir l'installation à bord d'une centrale, combinée avec quelques logiciels et ordinateurs permettant d'intégrer les rotations d'angle de mât, la gîte et l'assiette, les fonctions tactiques et les fonctions diagnostiques (affichage par cartes magnétiques).

Avant de passer au loch et à la gonio, j'ai commencé à naviguer, je l'ai dit, avec en tout et pour tout un compas portatif. A l'oreille, à l'œil, éventuellement au toucher, en plongeant ma main dans l'eau si vraiment je ressentais un besoin de précision plus grand. Bref, au pif, c'est-à-dire au nez. Ayant ainsi traversé diverses mers à la voile en arrivant là où je voulais aller (la règle et les dieux maritimes faisant en sorte que normalement les erreurs s'annulent et ne s'additionnent pas), je me demande si ces progrès techniques qui me dépassent ne comportent pas aussi quelques risques. Un ami qui avait fait le tonneau dans les alentours du cap Horn y avait perdu toute son électronique de tête de mât. Il a été bien heureux d'être assez âgé pour avoir appris à faire un point au sextant et à calculer sa route à l'estime.

Au moment où fut décidée l'implantation des balises Argos (pour des motifs d'intérêt médiatique de la course au moins autant que pour des motifs de sécurité), de bons esprits s'étaient inquiétés — précisément au titre de la sécurité — en pensant que certains coureurs, sachant qu'on savait où ils étaient, prendraient des risques pour leur mât et leur bateau que n'aurait jamais pris un marin traditionnel naviguant dans le silence et la solitude. Mais soyons optimistes ! Espérons que tout ce matériel donnera plus de temps libre pour regarder en paix la mer et les étoiles.

Étoiles

La nuit, c'est la mer qui devient comme une nuit, et c'est le ciel qui devient une mer immense, constellée d'archipels à la dérive.

Voici le marin qui oublie l'eau et, le nez en l'air, navigue dans les étoiles.

Il ne sait plus si ce sont des îles brillantes flottant dans le vide de l'espace ou au contraire, comme le pensaient les sages gnostiques, seulement les trous, les déchirures par lesquelles nous apparaît le monde plus vrai et lumineux que le ciel normalement cache à notre vue.

D'abord, il les reconnaît [1]. Elles portent des noms de princesses de légende, de demi-dieux, de bêtes sauvages ou domestiques, d'objets familiers, ou encore des noms de récits orientaux ou

1. Donner aux novices l'excellent petit guide du capitaine de vaisseau Sizaire.

barbares tout à fait incompréhensibles mais qui chantent à l'âme. Les retrouver une à une, chacune à sa place dans le lent déroulement des sphères, est comme relire un conte de fées lu dans l'enfance : Achernar, étoile bleue, Alpha du fleuve Éridan ; Alcor, cavalier de Mizar, encore appelé le Postillon de la Grande Ourse ; Aldébaran, dans le Taureau, qui est orange, Aljunina qui ferme le quadrilatère d'Orion entourant les Rois Mages, avec Bételgeuse, qui est rouge, Rigel, qui est bleue et Bellatrix ; à mi-chemin d'Andromède à la Polaire, le W de Cassiopée ; Arcturus dans le Bouvier, Véga dans la Lyre, Altaïr dans l'Aigle, Vindemiatrix, encore appelée la Vendangeuse, dans la Vierge, Fomalhaut dans le Cygne, Régulus dans le Lion, Mirfak dans Persée, La Chèvre, qui est jaune d'or, dans le Cocher ; Castor, dans les Gémeaux, qui est vert pâle, Kiffa boréal dans la Balance, qui est vert émeraude, Canopus, dans le Navire Argo, qui est bleue, Sirius dans le Grand Chien qui est blanche et de toutes la plus brillante...

Avec elles le marin navigue à l'envers sur la voûte du ciel. Pour se diriger, il en choisit une, puis une autre, puis une autre, comme il irait d'escale en escale. Si l'on traverse l'Atlantique d'est en ouest en novembre vers le 20° de latitude, la Grue avec son long cou tendu vous accompagne à bâbord et navigue chaque nuit de conserve avec vous vers les Amériques. La Croix du Sud, elle, est plutôt décevante. Au mois d'août, il y a des étoiles filantes d'un tel éclat qu'elles illuminent tout le ciel. On les appelle les Léonides.

Équipages

La marine à voile a disparu au début de ce siècle non pas parce que les bateaux à voile allaient moins vite que les bateaux à vapeur (un bon clipper faisait un temps de cargo moyen, au minimum de liberty ship), mais parce que plus aucun équipage n'acceptait d'aller servir sur un navire à voile.

La vie à bord dépend bien sûr de la qualité des gens qui sont à bord. Le bateau est un des meilleurs révélateurs de caractère qu'on puisse imaginer. Il y a le râleur, et le dévoué, le boute-en-train et le tire-au-flanc, celui qui fait croire qu'il connaît et qui est à peu près inutile, celui qui n'a jamais été en mer et qui a tout de suite le geste exact, celui qui s'ennuie et celui qui aime... Il y a ceux qui mettent du liant et ceux qui sèment la pagaille. En fait, chacun prend sa place assez vite, parce que la vie en mer sur un petit voilier est fatigante et il est difficile (à la différence des croisières sur yacht avec équipage salarié) d'y jouer un rôle longtemps. On dort, on mange, on prend son quart, on fait ce qu'on a à faire. La base idéale est le groupe que peuvent former un bon skipper et un bon équipier qui se connaissent depuis longtemps et qui ont totalement confiance l'un en l'autre. On peut alors ajouter quelques amis, et deux dames pour la silhouette et l'agrément.

Je ne crois pas que je supporterais de vrais « passagers », c'est-à-dire des gens qui se comporteraient comme tels. Sur un bateau, chacun doit avoir quelque chose à faire (le skipper se réservant, comme chacun sait, pour les tâches nobles de la méditation solitaire et pour l'action énergique dans les cas graves). Les passagers s'ennuient, font des remarques idiotes, posent des questions oiseuses (superstitieux comme une vieille Sicilienne qui aurait été élevée en Bretagne, je ne tolère à mon bord aucune question sur le temps et surtout aucun commentaire sur le vent). On craint toujours qu'ils ne tombent à l'eau, même si, comme l'a dit M. de Kersauzon d'une phrase lapidaire, « un homme qui tombe à la mer n'a pas sa place à bord ».

Mais un passager de qualité se transforme rapidement en membre de l'équipage.

Convoyant un bateau à partir des Canaries, je m'y étais retrouvé seul avec quatre passagers payants que l'armateur avait attirés par une petite annonce alléchante du style « Traversez l'Atlantique à la voile, croisière dans les alizés, participation aux frais, tant... ». Ils avaient déjà fait le trajet Pornic-Canaries avec un autre skipper, soit dix jours de mer (avec le coup de vent réglementaire dans le golfe de Gascogne), mais c'était strictement leur seule expérience maritime. Je leur ai donc expliqué au départ qu'une transatlantique était le contraire même de tout ce que peut évoquer le mot « croisière », que c'était une épreuve de caractère pour l'équipage, un exercice de navigation pour le capitaine et l'austérité pour tout le monde. Et aussi qu'ils avaient le choix entre se mettre hardiment au travail du bord : en ce cas, les jours passeraient de façon très supportable (sans qu'on puisse à l'avance leur en fixer le nombre) ; ou en faire le moins possible, et alors la démoralisation, l'énervement, la panique, la furonculose ou la zizanie les guettaient...

Dieu merci, le sympathique skipper qui m'avait précédé leur avait déjà donné les leçons de base, à savoir :

1. Répartition des quarts entre eux de 3 heures en 3 heures pour tenir la barre (avec seulement un empannage, qui coûta la vie au pontet de bôme...).
2. La fonction fondamentale d'un skipper est de

ne rien faire. Des esprits novices peuvent s'en étonner. En fait, allongé sur sa couchette, il pense à la responsabilité générale et permanente qui est la sienne. Le cours de ses graves pensées se manifeste de temps à autre par des appréciations vigoureuses lancées à l'homme de barre ou à l'équipage dans sa totalité en ce qui concerne leurs capacités nautiques et leurs quotients intellectuels. Ces appréciations sont souvent brèves et jamais flatteuses.

Dieu merci aussi, les quatre passagers-équipiers ainsi embarqués étaient tous jeunes et d'agréable caractère. Même si, au départ, Pascal s'étonnait amèrement de travailler six heures par jour (même le dimanche) alors qu'il avait payé ; si Christian, à qui j'apprenais à faire un point astronomique, additionnait un peu au début les minutes de degré avec les secondes d'heure ; si je devais parfois remonter le moral de Loïc qui avait tendance à se réveiller à partir du quinzième jour en se demandant ce qu'il avait pu faire au bon Dieu pour avoir eu la bon Dieu d'idée de se trouver sur ce bon Dieu de bateau humide et agité au milieu de l'Atlantique ; si je faisais remarquer discrètement à Marie-Thérèse, qui barrait en tenant la roue avec ses pieds, que cet exercice dans la houle de l'alizé supposait un délié de l'orteil hors de pair, surtout lorsque, en même temps, on lit un roman de Guy des Cars...

Si, si... Eh bien, finalement, pas de « si » ! Je crois que cela fut un véritable équipage qui amena le bateau à bon port et j'espère que nous nous sommes tous très bien entendus, ce qui n'est pas négligeable non plus.

La seule victime, d'après mes souvenirs, fut le petit déjeuner : chacun ayant tendance à attendre qu'un autre ait plus faim que lui et attaque en premier la vaisselle de la veille. Mais j'ai quand même dit à l'arrivée à l'armateur qu'il risquait un jour d'avoir plus grave sur la conscience.

Vocabulaire

Dans un petit livre oublié *(Recettes pour ne pas être un cafouilleux)*, l'ancien président du Cercle de la voile de Paris raconte qu'un jour, arrivant aux Mureaux pour courir une régate, il trouve un message de son équipier habituel déclarant forfait. Il va donc tristement renoncer à participer à la course quand il avise au bar un jeune homme bien sous tous rapports et qui sirote en fumant une cigarette. Il lui demande s'il veut bien servir d'équipier. Le jeune homme accepte, tout en précisant honnêtement qu'il n'a jamais mis les pieds sur un bateau. « Qu'à cela ne tienne, il n'aura qu'à faire ce qu'on lui dira de faire. »

La régate s'engage, l'équipier est sagement

assis au pied du mât, le président à la barre. Sur le parcours au vent arrière, le président s'aperçoit que la balancine est trop raidie et coupe la voile en deux. Il dit aimablement à l'équipier : « Cher ami, s'il vous plaît, veuillez larguer la balancine. » L'équipier ouvre un œil rond, une oreille plus ronde encore, mais reste ébahi, sans rien faire, donnant tous les signes de la perplexité. Le président, plus ferme : « Larguez la balancine, mon vieux. » L'équipier : « ... » Le président (qui est en train de se faire remonter par d'autres concurrents) : « La balancine, bon Dieu, larguez la balancine ! »

L'équipier novice regarde autour de lui, ne voit rien de nature à l'éclairer sur le sens de ce message, puis regarde le barreur (qui, tout rouge, s'égosille au bord de l'apoplexie) et comprend enfin : ce pauvre homme est en train d'étouffer. « Balancine » est manifestement un terme du jargon des yachtmen pour désigner l'ornement vestimentaire qu'on porte parfois autour du cou et qui est trop serré dans le cas présent. Il se lève, s'approche du président et précautionneusement lui dénoue son nœud de cravate. Effondrement moral du président, qui perd la régate.

Cette histoire a une double morale. D'abord, pourquoi mettre une cravate pour faire du bateau ? (Mais c'est une histoire d'avant-guerre.) Ensuite, il y a un bon usage du jargon technique.

Tout corps de métier, toute association tend à développer son propre langage qui à la fois répond à des besoins et des activités propres, et contribue au renforcement de ce sentiment si nécessaire, si chaud au cœur masculin d'être « entre soi », à part, entre camarades professionnels solidaires et initiés. Un cas presque pathologique est celui des littéraires ou sociologues qui souffraient depuis un siècle d'un complexe d'infériorité par rapport aux scientifiques dont le langage, qu'il s'agisse de

$$\int \frac{x^2 - 2\,ay^2}{\frac{1}{x^2}(a^2 + y^2)}$$

ou de

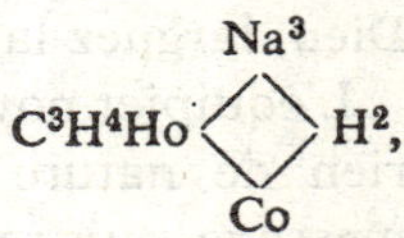

n'était pas immédiatement perceptible au commun des mortels. Ils se sont rattrapés.

Il y a donc un bon usage du langage technique, qui est de s'arrêter au moment où il ne sert plus qu'à faire plaisir à l'auteur et épater le bourgeois. Mais il y a un usage nécessaire. Tout, sur un bateau, qu'il s'agisse de la coque, du gréement, des manœuvres, a un nom, et c'est non seulement utile, mais indispensable. *Commander sur un bateau, c'est nommer.* Et parfois il faut faire vite.

Si je dis « étarque » ou « lofe », ou « affale », je décris en un mot clair, unique, toute une opération souvent complexe. Si je crie « choque »,

« borde », « abats », chacun peut comprendre à l'instant le geste ou les gestes à faire.

Maintenant, quand on a un peu de temps disponible, il n'est pas mauvais d'expliquer, et il ne me paraît pas obligatoire d'assommer le nouveau venu en l'invitant d'emblée à brêler un cartahu en bredindin. Non, trop c'est trop. On peut lui demander simplement d'embarquer le mou du hale-bas de spi ou d'aller un peu voir dans le guignol ce que la drisse de foc a pu faire comme magouille avec l'étai de trinquette !

Nœuds

Pour occuper des passagers, on peut toujours leur apprendre des nœuds. En fait, il n'y en a que trois de vraiment nécessaires :
- clés et variantes à bases de clés (cabestan) ;
- nœud de chaise ;
- nœud de Carrick, pour joindre deux bouts, et si esthétique en plus...

Malades

Le premier ennemi, c'est le froid. Il faut obliger les gens sensibles au mal de mer à se couvrir et à se coucher dans la cabine même s'ils sont persuadés que seul le grand vent est salvateur. L'autre ennemi, c'est le désœuvrement. Il faut occuper les gens. Question de moral.

Un jour, j'accompagne un de mes oncles qui amène un bateau du Havre à Granville. Il y a aussi à bord un ami très digne de mon oncle. La barre lui est confiée dès la sortie du port et, pendant trois heures, il barre consciencieusement près bon plein dans un méchant petit clapot typique de la région. Vers 5 heures, mon oncle qui est en bas l'appelle : « Je viens de faire du thé. En voulez-vous une tasse ? »

L'ami : Volontiers.

L'oncle : Eh bien, venez la prendre avec nous. Descendez.

L'ami : Mais... mais et la barre ?

L'oncle : Laissez-la, cher ami, laissez-la, elle ne s'envolera pas.

Le bateau est un ketch Wishbone, parfaitement équilibré. L'ami très digne laisse la barre, constate que tout continue comme avant, ressent son inutilité et, avant d'avoir atteint la descente, dégobille.

J'ai vu aussi des gens qui étaient malades par petit temps ne plus l'être par très gros temps, la vraie peur ayant simplement pris le dessus sur l'appréhension. Néanmoins, il y a tout intérêt à ne pas cueillir les gens à froid, mais à commencer une croisière par un parcours abrité ou pas trop long, si possible avec une nuit à bord. C'est la nuit qui amarine.

Chanter

Chanter à bord est naturel. Quelqu'un qui a une bonne voix et qui connaît réellement tous les couplets de plusieurs chansons est simplement une bénédiction. Puis-je ajouter sans choquer personne que la messe en latin, comme on la chantait dans notre enfance, « rend » particulièrement bien en bateau (surtout le Credo).

Femmes à bord

Ce domaine méritant un livre, ou plusieurs, est-il possible de laisser seulement ici à chacun la place et le temps de rêver à quelque souvenir personnel ou expérience particulièrement enrichissante ?

Voilà qui est fait.

Et contentons-nous de détruire une légende ou illusion terrienne. Sur un bateau qui navigue vraiment, il n'y a pratiquement pas de vie sexuelle. Quand quelqu'un a un moment, *il dort*. C'est autant de pris sur l'ennemi, et ça pourra se révéler bigrement utile. N'oublions pas qu'autrefois sur les navires de commerce, à voile ou à vapeur, le capitaine avait très souvent sa femme à bord, sans que cette présence ait provoqué un nombre excessif de mutineries. Je ne parle, bien sûr, ni des dérives organisées genre « radeau du sexe », ni des yachts de luxe ou de louage avec équipage professionnel et désœuvrement des passagers, ni des escales.

Disons aussi que les femmes qui aiment vraiment la navigation à voile sont rares. Le propre d'un bateau à voile est d'être instable et de manquer d'eau courante. En plus, trop de skippers jugent encore une femme à bord comme prédestinée à la cuisine et la vaisselle, tâches peu engageantes surtout si on n'est pas parfaitement amariné. Enfin il semble qu'il y ait entre un bateau et une jolie fille une sorte de parenté, donc de rivalité naturelle et de surveillance jalouse. Les Anglais qui sont connaisseurs (en bateaux) leur attribuent sans hésiter le genre féminin. Joseph Conrad a écrit : « Un navire demande à être traité en connaissance de cause : il faut en user avec une considération compréhensive à l'endroit du mystère de sa nature féminine. » Oui, Madame, Joseph Conrad a écrit cela. Mais quand il y a aussi des femmes sur un navire, les marins mâles, moi le premier, ne m'ont pas toujours paru répartir équitablement leur considération compréhensive...

En fait, c'est une question de priorité dans les attentions. Tout est dans le style. On en jugera sur les deux exemples littéraires suivants :

— Eh dis donc, Lili, tu pourrais pas voir à

poser ton postère ailleurs que sur le levier de bastaque, non, que si je devais vite fait changer de bord, le mât qui pète, t'en as rien à fiche ?

— Chère, est-ce que vous ne seriez pas mieux si je plaçais votre couche-partout plus loin sur le passavant ? Vous auriez l'ombre de la voile juste sur votre nez exquis et tout le reste au soleil...

Le style, je vous dis.

Le seul problème sérieux est autre : c'est qu'une femme à bord doit tout simplement être parfaite. On peut tolérer d'un équipier ou passager masculin qu'il soit, dans une certaine mesure, vantard, paresseux et maladroit, qu'il ait une fâcheuse tendance à ronfler la nuit et manger le jour plus que sa part de gâteau au chocolat, voire qu'il chante faux et ait un bouton sur le menton ; mais une femme, elle, doit être aussi discrète que présente, aussi naturelle qu'efficace, aussi... En un mot, parfaite.

Une femme à bord qui aime la mer modérément, ou simplement la supporte de bon cœur est une bénédiction. Le seul cas où j'ai vraiment voulu, le temps d'un instant, jeter à l'eau, gifler, battre, pendre par les pieds, étrangler, pincer, écrabouiller, fesser, étriper, et j'en passe, une personne du sexe (comme écrivaient autrefois les bons auteurs), c'est le jour où une ravissante embarquée a déclaré en posant le pied à bord : « J'aimerais tellement qu'il y ait une tempête. »

On l'a eue, la tempête.
Et puis, quoi, on s'en est sorti, non ?

Littérature

Il n'est pas mauvais d'avoir quelques livres à bord On lit bien en mer. Une bibliothèque de base doit être composée de London et Conrad. Ce sont les maîtres. Les Mémoires de Slocum, chef-d'œuvre encore inégalé. Pour la technique de la navigation en haute mer et par gros temps, rien ne vaut, rien ne bat Vito-Dumas. Mais la plus belle description de tempête, la seule, est dans *Le Nègre du Narcisse* de Conrad.

Quelques bons policiers, un grand roman ne sont pas interdits. La littérature grecque classique, relue d'un point de vue nautique, prend une valeur nouvelle tout à fait passionnante, comme j'ai essayé de l'expliquer au début.

Ouragan sur le Caine pose le problème auquel tout marin a été confronté une fois dans sa vie et dont sa vie parfois dépend : la cape ou la fuite. Le recueil des *log-books* des baleiniers de Nantucket (le naufrage de l'*Essex* coulé par un cachalot, et les survivants qui, après des semaines de dérive en mer, préfèrent qu'on les débarque sur une île déserte pour mourir, mais mourir à terre...), les mémoires de quelques grands marins, civils ou militaires, pour les problèmes de manœuvre et de commandement ou encore pour le tourisme exotique, tous ces livres ne peuvent être lus sans intérêt, émotion, passion. Pour la recherche, la science pure, même si elle est aujourd'hui un peu dépassée, Manfred Curry, bien sûr.

Il existe aussi une bonne centaine de « livres de mer », journaux de bord plus ou moins élaborés d'une croisière, d'un exploit, d'un tour du monde. Ils se ressemblent souvent. J'ai donc décidé d'en donner ici, une fois pour toutes, un « à la manière de » collectif qui dispensera de bien des lectures ultérieures.

14 janvier. *Les démarches épuisantes et parfois dégradantes dans les bureaux des PDG ou des directeurs de publicité amis de mon parrain Gustave, comme elles sont loin... Mais il fallait bien quelques approvisionnements. Mon petit sloop, le* Magellan IV, *taille vaillamment sa route dans la houle régulière de la mer d'Okhotsk. Déjà 5 jours que je me suis arraché à la terre, après le grand gueuleton d'adieu de tous les copains. Si j'ai raté la balise de sortie de la passe et que je me suis fichu au*

plein, c'est vraiment la faute de leur chaude amitié et de la teneur en alcool du punch local : 1/3 vodka, 1/3 rhum, 1/3 curaçao, 1/3 cognac. (Il y a quatre tiers, c'est précisément là le secret de la recette.) Je fais une droite de hauteur par Dieumegard, puis une autre par H.O. 249, j'interpole, et je transporte. Bêtement, j'ai oublié une retenue. Je recommence tout par Perrin, puis par H.O. 214, et je fais la moyenne arithmétique. Cela me confirme que mon estime est excellente et que je n'ai pas couvert moins de 91 nautiques 7/10 en 23 h 17 mn 04 s.

15 janvier. *Je constate qu'hier, je me suis légèrement trompé en recopiant mes calculs. C'est 23 nautiques 17'04" en 91 heures 7/10 qu'il fallait lire.*

16 janvier. *Depuis 24 heures, le vent forcit de l'est-sud-est. Je vois les nuages s'amonceler à l'horizon et la houle progressivement se crêter de blanc. Pour être paré à tout, je prends un ris dans la grand-voile et me tape un bœuf miroton en boîte avec une pointe d'ail.*

17 janvier, 2 h 30 du matin. *La tempête fait rage et le fracas de la mer qui rugit est assourdissant. Mon vaillant petit* Magellan *lutte courageusement. Chaque fois qu'il retombe au creux d'une vague, j'ai l'impression que tout va se disloquer à bord, ou encore que jamais il ne se redressera. Je profite d'une éclaircie pour faire une droite de hauteur et*

m'envoyer un bouillon Kub, premier aliment chaud depuis 36 heures.

17 janvier, 16 h 40. *Il ne paraît pas possible que le vent forcisse encore, et pourtant c'est le cas. Trop épuisé pour prendre un ris de plus, j'affale en catastrophe et m'écroule de sommeil sur ma couchette. Je fais totalement confiance à Dédé, mon cher gouvernail automatique, ainsi que je l'ai baptisé familièrement.*

19 janvier. *Je fais une droite de hauteur. Dédé m'a envoyé complètement dans le nord, alors que je voulais aller au sud-ouest.*

20 janvier. *Étrangement, je continue à faire du nord, par brise variable. Est-ce que Dédé serait aimanté ? Je m'aperçois que j'utilise les éphémérides de l'année dernière et pas celles de cette année. Voilà ce que c'est de s'être volontairement coupé du temps et de la civilisation. Un phoque, aperçu sur une glace dérivante, me paraît avoir pour moi un sourire amical et compréhensif.*

23 janvier. *Brise toujours variable. Je ne cesse de tangonner et détangonner le génois, et de changer d'amure. Je ne vois plus de phoques, mais je croise un cacatoès qui semble me faire un clin d'œil complice. Aurais-je dépassé le Pôle et serais-je déjà redescendu si au sud ? J'envoie la trinquette. Baro : 734 6/10.*

23 janvier, 19 h. *La goupille de tiroir de manette de rappel de la clavette d'enclenchement du poussoir*

de compensation du pilote automatique était coincée. Tout s'explique. J'en bricole une autre à partir d'un ouvre-boîte de conserves. J'ai à peine fini qu'il faut monter en tête de mât remplacer une manille qui vient de s'ouvrir. J'ai à peine fini que je dois endosser une combinaison de plongée pour me jeter à l'eau et passer sous le bateau. Il me semblait qu'un boulon de quille avait du jeu. Dieu merci, il n'en était rien ! La solitude doit me rendre nerveux, ou alors c'est la faute du cassoulet toulousain que je me suis fait réchauffer hier.

29 janvier. *6 jours que je fais 8 nœuds de moyenne, grand largue, tout dehors. J'ai l'impression de voler sur l'eau. Mon vaillant petit* Magellan IV *a l'air aussi heureux que moi. Je crois qu'entre lui et moi, il y a une sorte de complicité physique qui n'est pas loin de l'amour. L'amour, d'ailleurs, n'est-il pas avant tout une complicité ?*

2 février. *Le vent est tombé et cela fait 3 jours que je suis secoué par la houle sans faire plus de quelques milles. Je viens d'apercevoir flottant à côté du bateau les assiettes sales en carton que j'avais jetées par-dessus bord hier soir. La pollution est la plaie du monde moderne et je dirais même, son péché.*

5 février. *Le calme toujours. Les assiettes sales en carton ont enfin coulé, il y a une heure. Je les avais bombardées avec des bouteilles vides en plastique.*

9 février. *Je viens de passer enfin le 27° parallèle et le 42° longitude. J'ai donc battu le record de*

Bryczowsky en 1953 et il avait, lui, des trinquettes jumelles et 0,26 m de plus à la flottaison. L'année prochaine, je me paierai un raidisseur circulaire de pataras.

12 février. *Au fur et à mesure que les jours passent, je me sens de plus en plus détaché des choses de ce monde. Au début, j'avais de bonnes conversations avec mon gouvernail automatique. Je crois que nous avions les mêmes sentiments sur la société de consommation. Mais depuis quelque temps, je ne sais pourquoi, il m'agace.*

13 février. *La goupille de Dédé que j'avais réparée s'était rouillée et grinçait. Voilà l'explication. D'un seul coup elle a cassé et est tombée à la mer par 5 327 mètres de fond (vase et coquillages). Comme j'ai été injuste ! Je suis pris d'une sorte d'amertume envers moi-même. Je reporte toute mon affection sur le canari que j'ai embarqué au départ dans une petite cage pour déceler dans la cale les fuites éventuelles de gaz butane. (C'est un truc de mineur qu'un militant syndicaliste flamand m'a appris lors d'une escale à Knokke-le-Zoute.) J'ai décidé d'appeler mon canari Dédébis, en souvenir de l'autre. Je nous compose un dîner à base de saucisses aux lentilles. Il n'a pas l'air d'aimer. La timidité, sans doute.*

15 février. *Mon point astronomique me donne une différence de 73 milles par rapport à l'estime. Après nouveau calcul, la différence est de 173 milles.*

Après nouveau calcul, 1 730 milles. Je renonce à faire une vérification de plus. La méthode que j'emploie est celle du Point Logarithmique Original Universel Facile, en abrégé PLOUF, que j'ai inventée. L'idée géniale est de prendre pour longitude de référence une seule longitude, à déduire de GHA pour obtenir LHA, où qu'on soit, une fois pour toutes, à la place du point estimé toujours aléatoire ou mal commode. Une longue recherche m'a permis de considérer que c'était exactement celle qui passe par le carrefour Barbès-Rochechouart et la commune de Saint-Sapiroux dans le Puy-de-Dôme.

J'ai expliqué une fois les avantages de ma méthode du PLOUF à Moitessier, que tous considèrent à juste titre comme un des meilleurs calculateurs de point qui soit. Cher Bernard... Il m'a regardé avec son bon sourire de sage, et j'ai lu dans ses yeux comme une vague admiration. En revanche, je n'ai pas compris le conseil de Marc Darnois, qui était là aussi. Marc m'a demandé si je ne ferais pas bien d'essayer plutôt le méridien qui passe par la place des Invalides parce que, à certaines heures de la journée, c'était nettement moins encombré. Je sais bien que dans le petit monde des navigateurs, qui n'est pas tendre pourtant, personne, absolument personne n'a le droit de dire ou même de penser du mal de Marc. Néanmoins, je me demande si parfois il n'est pas un peu obscur ou bizarre.

16 février. *815 milles au loch. G. 43° 11′ 55″. L. 22°*

35' 04". Vent force 4, SSW. Raidi la pentequière brêlée entre les galhaubans. Capelé une estrope sur le vit de mulet de la ferrure de bôme. Ma réserve de confiture d'abricots baisse de façon inquiétante. Vu une mouette.

20 février. *Je viens de capter par hasard une émission de radio. C'était le guidage des automobilistes au retour de week-end du mardi gras. Ah, la dérision! Ah, la folie! Ici, enfin la vie a un sens dans la dignité retrouvée, le dialogue avec soi-même, la nature affrontée à mains nues, la vérité des choses...*

21 février. *Seulement 61 milles dans la journée. On se traîne. C'est exaspérant. Je bricole le cardan du réchaud et inverse l'installation électrique pour m'occuper. Heureusement, il y a toujours quelque chose à réparer et je ne chôme pas.*

22 février. *Seulement 54 milles. Cela devient insupportable. Je passe la journée à démonter et remonter la pompe de cale et, après ce gros travail très fatigant, je pense que le mieux est d'aller dormir, encore dormir après m'être mijoté une bonne tête de veau ravigote. Parcourir mille après mille, bricoler, dormir, il ne faut pas essayer de discuter ce rythme qui s'impose à vous comme une évidence. Quand je pense aux malheureux, en France, dans leurs banlieues, esclaves de leur métro-boulot-dodo...*

23 février. *La tête de veau passait mal et dans mon insomnie, pendant que les voiles battaient au vent,*

je pensais à l'odieux du monde moderne conduit par le profit, l'argent, la vanité. Quand je serai arrivé, je me jure de l'écrire. Si le livre marche bien, je pourrai d'ailleurs m'acheter un petit ketch, dessiné sur mes plans. Pour le gréement, je pense que la firme Snoopy et Petersen fera un geste. Pour les provisions de bord, il faudra voir comme sponsors Croucrounch et Cie ; ou à défaut, Bouziguet Frères... Pour l'accastillage...

26 février. *La tempête fait rage et le fracas de la mer qui rugit est assourdissant. Je profite d'une éclaircie pour faire une droite de hauteur. Mon vaillant petit* Magellan IV*..., etc.*

Croisière

Le domaine idéal de la croisière, c'est un archipel : Grèce, Polynésie, Antilles, Seychelles, ou plus modestement Bretagne sud ou îles anglo-normandes. Si l'archipel est orienté nord-sud avec un vent dominant est-ouest (par exemple, les Petites Antilles et les Nouvelles-Hébrides), c'est un agrément supplémentaire. On peut être toujours portant, pour monter comme pour descendre ; en naviguant sous le vent des îles, on a droit à la brise sans la mer ce qui peut être bien reposant. L'archipel permet aussi le mélange d'escales et de raids, au gré du skipper et des capacités de son équipage, en modulant comme on veut le nombre d'escales et la longueur des raids, ce qui est bien le plaisir propre à la croisière.

La Grèce, pour le vent, n'est certes pas la plus favorable au navigateur. De juillet à septembre, il souffle au milieu de la mer Égée un courant d'air râleur, le *meltem*, entre force 4 et 7, toujours de secteur nord à nord-est, qui soulève une mer hachée. Au moins, il y a du vent, ce qui n'est pas le cas en Méditerranée occidentale. Le *meltem* s'atténue ou varie le long de la côte de Turquie et n'existe à peu près pas en mer Ionienne. En revanche les îles et les caps le renforcent. A Mykonos, j'ai vu des yachts bloqués une semaine (voir goût des marins méditerranéens pour les escales prolongées, déjà cité. Il semble que le marin professionnel breton, importé dans ces eaux, y prenne les mêmes travers tout en gardant les siens d'origine. Cette espèce particulière est communément désignée sous le nom de « Ker-Mocco »). Je suis parti à minuit, et à 20 nautiques de Mykonos la mer était plate comme la main. J'ai dû m'y reprendre à trois fois, et de nuit, pour passer le cap Aghios Nikolaos, en Crète, et en tirant chaque nuit mes bords un peu plus au large. Même épreuve pour passer le mont Athos. Quand le *meltem* s'engouffre dans un détroit entre deux îles formant entonnoir, canal de Douro par exemple entre l'Eubée et Andros, la mer de l'arrière est si forte que tenir un voilier avec une barre franche tourne à l'épreuve physique.

Néanmoins, c'est la Grèce le paradis de la croisière à la voile, si on a son propre bateau et si on a pu un peu éviter le mois d'août. Je suis resté sept ans en Méditerranée orientale, et je ne le regrette pas. Si l'on aime la navigation, voir à bord le soleil se coucher et l'aube se lever quelques fois de suite, on peut se trouver plusieurs objectifs entre 200 et 300 milles. Si l'on aime les escales, il y en a autant qu'on en veut, et, je suppose, 365 îles. Une année, j'avais systématiquement pris comme points de relâche celles dont le nom n'était pas mentionné dans le Guide Bleu... La plupart étaient des propriétés de monastères qui y laissent paître les brebis et autres animaux femelles dont la cohabitation est interdite aux religieux. C'était chaque fois un petit paradis d'eaux claires et de maquis odorant peuplé de bruits de clochettes et d'un berger accessoirement gardien de phare. Mais aussi, en évitant les endroits trop fréquentés en été (Mykonos, Spetsai, Hydra, Rhodes... Patmos maintenant, paraît-il...), vingt, trente autres îles peuvent vous offrir tous les plaisirs de la terre : petits ports ronds bordés de maisons blanches au ras de l'eau et cernés en hauteur de crêtes austères dont la seule végétation est quelques moulins à vent, palais vénitiens des îles Ioniennes à la côte dalmate, cathédrales gothiques parfois transformées en mosquées à Chypre, forteresses turques, franques, byzantines un peu partout sur les promontoires, oliviers et cyprès dans les

Cyclades, platanes et peupliers dans les Sporades du Nord et à Thasos, monastères, îlots blancs au flanc d'îles blanches, découverts au fond d'une crique ou servant d'amers en haut d'un cap, tavernes sur les plages où sous la treille, on mangera le soir son barbounia grillé arrosé de retsina (goût exquis...) après avoir débarqué dans l'annexe ; et les habitants qui vous arrêtent au passage pour vous saluer et vous donnent une grappe de raisin, ceux qui vous font entrer chez eux pour goûter une cuillère de confiture avec un verre d'eau, et ceux qui chantent, qui dansent au milieu d'enfants hilares qu'on n'envoie jamais se coucher, heureux comme seuls peuvent l'être les enfants d'un peuple digne, austère et assez profondément grave.

Il y a aussi, paraît-il, des ruines grecques à visiter. Il est un peu troublant de constater que Delphes, admirable site fouillé par l'école française, donne une impression indéniable de style français classique ; que Rhodes, reconstituée par les Italiens, a un air, il faut bien le dire, mussolinien ; qu'à Olympie, fouillée par l'école allemande, tout est grandiose, voire colossal et que la sculpture pourrait parfois être signée Arno Breker ; que les ruines d'Éphèse, fouillées par les Américains... Je m'arrête en me demandant avec effroi quel sentiment donnerait aujourd'hui le Parthénon si l'Acropole avait été confiée à l'école japonaise d'archéologie.

Pour les temples grecs, de toute façon, il vaut mieux aller en Sicile. En Grèce, il y a déjà assez de motifs de plaisir et d'admiration, quand, encore tannés de sel et de vent, les doigts gourds de trop d'écoute et de barre, le pied incertain à l'équilibre de la terre, on débarque quelque part, que ce quelque part est beau et qu'il y a peut-être en plus un échiquier gravé sur la dalle d'une place publique ou les emblèmes stylisés d'Athéna, le casque et la lance, inscrits dans une pierre de remploi à l'angle d'un mur.

La Polynésie, à tous les charmes marins, ajoute celui des habitants.

En annexe à la croisière, le problème de l'annexe. Il faut que sa mise à l'eau ne soit pas une corvée ou une épreuve physique épuisante qui fasse renoncer à sa mise à l'eau. Un des charmes du mouillage forain est de pouvoir quitter le bateau avec l'annexe, aller remonter une petite rivière noyée dans les roseaux et bordée de peupliers, comme dans l'arrière-pays de Syracuse en Sicile, ou de partir explorer entre les patates de corail les îlots d'un lagon comme en Polynésie ou dans l'océan Indien ; ou simplement aller à terre se dégourdir les jambes et ramasser des coquillages, comme n'importe où.

Mais si l'annexe est légère et facile à mettre à l'eau, elle est instable, ne peut prendre que deux ou trois personnes, et encore, par clapot ou bonne brise le canotage devient périlleux, harassant ou simplement impossible. En dehors du Boston Whaler à poste fixe sous deux palans électriques (mais cela, c'est un luxe que seule une goélette peut se payer), il n'y a pas de bonne solution. Le moins mauvais compromis jusqu'à présent est le canot gonflable avec un minimum d'armature en bois.

Gros temps

La première fois, un bon 9, par coup de mistral entre Toulon et la Corse. La fuite (juste dans la direction où je voulais aller, Calvi...) avec un petit angle par rapport à la mer et au vent pour ne pas être vent arrière et pour mieux sentir le bateau : en l'appuyant d'un côté, on le tient mieux, surtout quand on a une roue un peu trop démultipliée, ce qui était le cas. Comme je suis resté neuf heures à la barre, ce genre de détail compte.

J'avais à l'époque un ancien bateau de pêche gréé en ketch, avec un arrière à tableau gros comme une armoire normande : pas de problème avec la fuite de ce côté-là ! (En revanche, refus catégorique de tenir la cape par le nez.) Je traîne une haussière avec une bouée, puis, car cela me freine trop et dans une mer très courte parfois me bloque presque au creux de la vague, une ceinture de sauvetage, puis l'haussière seule. Un foc et l'artimon. Le bateau est lourd et peut porter de la toile. Il n'y a aucune raison de flâner, avec un abri sûr, dans l'axe, au bout d'une dizaine d'heures. Pourtant, le vent décape la mer si brutalement que l'air est chargé d'embruns et qu'il est physiquement difficile de respirer. L'un de mes passagers sent la nécessité de faire quelque chose pour notre sécurité. Il sort de la cabine pour me demander s'il y a une bouteille d'huile à bord, et, un peu étonné, je lui dis qu'il reste un demi-livre d'huile d'olive pour la cuisine dans le placard de l'évier. Il ressort pour me demander si j'accepte qu'on fasse des trous dans le sac en plastique où je mets mes affaires de toilette, savon, brosse à dents... J'accepte. Il ressort pour me demander si on peut sacrifier une serviette éponge du bord. Je n'ai pas d'objection (et occupé à prendre mes vagues, une à une dans le bon sens, je m'en fous pas mal, je crains de le lui avoir dit...). Il réapparaît enfin, et mouille soigneusement à l'arrière, à l'extrémité d'un bout, le sac de toilette percé de trous avec dedans la serviette éponge imbibée du demi-litre d'huile d'olive. Technique. Je ne suis pas sûr qu'il nous ait sauvés, mais au moins cela l'a occupé et empêché d'être malade.

Une autre fois, dans l'Adriatique, j'avais un peu trop gratté au couteau le pied du mât pour faire venir le vent à la suite d'un calme qui se prolongeait exagérément. Cela a donné force 9 et au-dessus, constatée par les stations de la côte. Mais le vent était monté progressivement, la mer s'est bien formée et je n'ai même pas eu besoin de mouiller quelque chose à l'arrière. Sur petit foc et artimon arisé quasi symbolique, mon yawl était parfaitement équilibré. En outre, il a une barre franche, ce qui est plus fatigant mais nettement plus précis, sûr, au vent arrière. Toujours le même problème : ne pas déventer trop dans les creux, alors que la vague arrière pousse et fait lofer, avec risque de prendre un bon paquet d'eau verte par la hanche ou même de se mettre en travers. Il n'y a pas d'autre solution que de garder un bout de toile pour être manœuvrant et, à chaque coup de cul, de tenter de prévenir doucement à la barre.

Si, même par très gros temps, j'évite soigneusement d'embarquer de l'eau, ce n'est pas seulement par amour de l'art et de la mer bien prise, c'est qu'être mouillé à bord fatigue, donne froid, rend le bateau dangereux.

Vingt-quatre heures de cet exercice suffisent déjà à vous composer une mine de pirates atrabilaires, même en restant sec. Nous finissons par entrer de nuit à Manfredonia, sous la péninsule du Gargano. Le port est abrité du vent, désert, et comme nous n'avons pas de moteur, je tire des bords dans un silence religieux pour passer la jetée vers minuit, puis me mettre à quai. (A l'aube, trois cents chalutiers seront rentrés et le contraste sera saisissant.) Nos femmes, qui ont davantage dormi, vont à terre prendre un petit déjeuner. Quand nous les rejoignons un peu plus tard dans le bistrot et que nous voulons nous installer à leur table, elles nous envoient promener d'un air offusqué et nous déclarent en mauvais italien qu'elles n'ont pas l'habitude de fréquenter n'importe qui... Nous ayant quittés dans l'univers marin des vagues et du vent qui était le nôtre, et nous retrouvant, une heure après, aussi hâves et hirsutes, mais dans cet autre monde qu'est la terre, et dont les lois sont différentes — simplement elles ne nous ont pas reconnus !

La mer Noire. 9, 10, etc., j'en ai déjà parlé. Pendant les vingt et une heures de fuite où je n'ai pratiquement pas quitté la barre, il m'arrivait de dormir une minute, mais vraiment dormir, en profitant de ces moments très courts de répit qui existent même dans les mers les plus déchaînées et où les vagues semblent se calmer, ou plutôt se reprendre avant de réattaquer.

J'ai mis plus d'une heure, deux heures peut-être, à trouver le dosage exact de ce qu'il fallait traîner à l'arrière et porter de toile, compte tenu de la violence de la mer et du creux (4 à 5 mètres sans doute, sauf pour quelques *green waves*, ce qui n'est pas gigantesque, mais avec une proportion de la vague qui déferlait que je n'ai jamais vue ailleurs en pleine mer). Deux haussières de 40 mètres avec chacune une simple boucle se sont révélées finalement à la fois le plus souple et le plus efficace. Pour la voilure, j'ai dû progressivement tout amener, y compris bien sûr l'artimon, et ne garder qu'un tourmentin. Déjà, le bateau était très fatigant à tenir et chaque descente de vague, quand on est poussé de l'arrière et que l'eau blanche vient mousser et bouillonner au ras de l'hiloire tout autour de vous, une sorte de voltige. Nous n'avons jamais pris d'eau verte dans le cockpit.

La fuite ayant commencé en début de journée pour se finir à l'aube le lendemain, une large partie s'est faite de nuit. C'est la raison sans doute pour laquelle je ne me souviens que du bruit. Même de jour, d'ailleurs, on ne voyait rien, dépassé de tous côtés par les crêtes et noyé dans les embruns. C'est une curieuse impression qu'un horizon circulaire ainsi limité à quelques dizaines de mètres ou parfois quelques mètres.

Ordre absolu : quand on barre en fuite, ne jamais regarder derrière soi. On y risque un torticolis, ce qui est peu, mais surtout d'avoir des réflexes moins coordonnés dans les rectifications ou compensations à faire à la barre.

On apprécie aussi bien l'axe de la mer en regardant devant soi, tout en jugeant mieux celui du bateau par rapport à la mer. Dans ces conditions, vouloir contempler la vague qui se rue sur vous pour en apprécier la hauteur, n'est pas bon pour la navigation et aussi tout à fait inutile pour le moral. Enfin les vagues vraiment dangereuses, plus hautes, en escaliers, à la triple crête et qui attaquent par la hanche avec un angle de 30 ou 40° par rapport à celui de la mer et du vent, de telles vagues ne sont pas rares dans les mers fermées. Ce n'est pas en regardant derrière soi qu'on peut les apercevoir et les prendre comme il faut, c'est-à-dire comme on peut...

J'ai aussi pris la cape, dans d'autres circonstances. Mais comme mon yawl tient, Dieu merci, la cape tout seul sur artimon et barre à contre et que l'équipage, skipper compris, peut pratiquement descendre dans la cabine, taper le carton, boire un coup, dormir, bref, attendre que ça passe, il n'y a vraiment rien à dire. Sinon qu'il ne faut pas embarquer sur un bateau qui ne tient pas *naturellement* la cape. Et pour que l'équipage tienne, lui aussi, il faut qu'il boive *chaud*.

Prière

Seigneur, Vous qui le septième jour, après avoir créé ce monde, Vous êtes reposé, laissez-nous aussi nous reposer de ce monde.

Seigneur, Vous qui le sixième jour avez fait l'homme de Votre souffle et d'un peu de la poussière de la terre, permettez-nous d'oublier un peu la poussière de la terre.

Seigneur, Vous qui le cinquième jour avez créé les animaux sauvages et les animaux domestiques, selon leurs espèces, et les monstres marins et la multitude des êtres vivants qui fourmillent dans les eaux ainsi que tous les oiseaux ailés, selon leurs espèces ; Seigneur, ne distinguez plus notre espèce, laissez-nous être les habitants à la fois de la terre, de la mer et du ciel, et que les oiseaux ailés et les monstres marins nous soient également familiers.

Seigneur, Vous qui le quatrième jour avez

opposé le soleil et la lune et divisé le temps qui passe en marquant chaque jour de l'alternance du jour et de la nuit, faites que pour nous le temps qui passe ne se décompte plus.

Seigneur, Vous qui le troisième jour avez tiré des eaux d'en bas d'une part la mer et de l'autre la terre, acceptez que l'une ne soit pas moins notre domaine que l'autre et que la vague nous soit amicale sans que la côte nous soit hostile.

Seigneur, Vous qui le deuxième jour avez séparé les eaux d'en haut et celles d'en bas en créant le firmament, faites que le ciel nous guide, la mer nous porte, le vent nous aide, la terre nous accueille ; oui, faites que tous les éléments que Vous avez divisés ne se séparent plus pour se combattre à notre grand péril, quand la voix de la mer et la voix du vent qui s'affrontent montent sans cesse plus haut, plus haut qu'on ne peut le croire ; faites, au contraire, Seigneur, que les éléments de nouveau s'unissent, pour notre paix.

Seigneur, Vous qui le premier jour avez séparé la lumière des ténèbres, faites qu'aucune heure ne nous soit vraiment obscure.

Laissez-nous revenir à cette première aube où il n'y avait que les eaux, et l'esprit de Dieu planait sur les eaux.

Survie

En mer, la meilleure façon de survivre est quand même de rester à bord. Je me suis toujours étonné du nombre de bateaux, notamment en Méditerranée, qu'on retrouve vides, flottant toujours, après avoir été évacués par leurs équipages.

Il y a des cas, bien sûr, où tout ce qui pouvait être tenté l'a été et où il n'y a plus qu'à se retrouver dans un engin de sauvetage. Le grand mérite d'Alain Bombard est d'avoir le premier souligné avec force que les gens meurent en mer d'abord par désespoir. Le cas des cadets du Pamir retrouvés morts dans leurs baleinières qui pourtant n'avaient pas coulé, en est un triste exemple. D'autres exemples illustrent au contraire la volonté de survivre. Le cas le plus étonnant est sans doute celui de ces trois aviateurs américains tombés à la mer pendant la guerre du Pacifique et qui ont survécu au milieu de l'océan avec un dinghy pour deux personnes seulement, sans autres provisions ou équipement. Ils n'ont été récupérés, vivants, que plus de deux mois plus tard. Ils s'étaient organisés, deux dans le dinghy et un nageant accroché au dinghy, chacun à tour de rôle. Avec des arêtes de poissons volants et des fils tirés de leurs blousons, ils s'étaient fabriqué des lignes de traîne pour s'alimenter. Pour s'hydrater (l'œsophage et l'estomac étant rebelles à l'absorption directe d'eau de mer) ils s'insuffluaient de l'eau de mer dans le rectum avec le tuyau de pipe de l'un d'entre eux...

Mais il est d'autres cas presque aussi spectaculaires de marins japonais ou polynésiens ayant dérivé deux ou trois mois et ayant survécu.

Petites remarques

Il devrait être strictement interdit d'embarquer, même en plus de l'engin de sauvetage réglementaire, tout engin flottant, dinghy ou canot pneumatique, de couleur grise ou noire comme on en voit encore tant. Cette couleur devrait être réservée aux commandos en période de guerre.

○ Un réflecteur radar est incorporé à la structure des engins de sauvetage réglementaires. Cette règle devrait être étendue à toute embarcation ou annexe embarquée et qui risque donc de se retrouver un jour flottant sur la mer avec quelqu'un dedans.

○ Peut-on rappeler que le seul reflet d'un miroir de poche captant le soleil est visible à 25 milles nautiques d'un avion volant à l'altitude normale de recherche.

○ En plus des équipements de survie que comportent désormais les engins de sauvetage obligatoires à gonflement automatique, il n'est pas mauvais, en cas de navigation difficile, que chacun ait un petit sac déjà prêt avec son minimum vital (couteau, sucre... ce qu'on veut qui ne tienne pas de place, et bien sûr, un chandail). Évacuer un bateau est une opération qui ne s'effectue, par définition, qu'en catastrophe. Il n'est pas nécessaire d'ajouter à la pagaille déjà inévitable, la pagaille supplémentaire provoquée par la recherche fébrile pour l'un, de son portefeuille, pour l'autre, de la photo de ses enfants, pour l'autre, de ses lunettes ou de sa réserve personnelle de chocolat...

○ Ne pas faire confiance aux moteurs. Toujours avoir un bout de toile, et s'en servir. Un soir, un distingué homme d'affaires belge qui voulait lancer une marque de canots à moteur dans le Midi, parie d'aller prendre son petit déjeuner en Corse à Calvi avec son engin. Il était minuit et il s'était dit avec l'innocence du terrien : « Il y a 120 milles, je fais 15 nœuds minimum, donc 8 heures de trajet au maximum. » Et allez donc ! Il part. 2 heures, il fait les 15 nœuds. Puis il rencontre une vieille houle trois quarts dans le nez. Il doit réduire sa vitesse à dix nœuds à peine. A 7 heures du matin, il n'est qu'à la moitié du trajet. C'est l'heure où la brise se lève ou forcit, avec, bien sûr, un méchant clapot. Sa vitesse tombe à six nœuds, et encore... Dans les à-coups de la mer, hélice déjaugeant, moteur emballé, puis moteur noyé, c'est rapidement la panne irrémédiable. Des amis attentionnés qui avaient décidé de suivre le même trajet le récupéreront dans l'après-midi au milieu de la mer, bouchonnant sur son canot désemparé et qui coulera juste après qu'il l'aura évacué.

○ Il vaut toujours mieux être dans son bateau que dans n'importe quel engin de sauvetage ou nageant dans la mer. C'est vrai, bien sûr, au grand large, mais aussi près des côtes, là où la tentation d'évacuer est parfois la plus forte. Le contraire du marin, c'est le baigneur. J'ai vu pourtant une fois, à cent mètres d'une côte, tout un équipage sauter à l'eau ! On les a récupérés d'extrême justesse dans les rouleaux. Il y a d'autres cas célèbres qui ont fini plus mal.

○ Un ambassadeur avait un jour annoté ainsi la dépêche faible d'un de ses collaborateurs prétentieux : « suffisant et insuffisant ». En mer, les accidents arrivent par insuffisance des moyens (gréements trop légers, bouts trop minces, mouillages pas prévus en double... et autres entorses à la règle d'or : « trop fort n'a jamais manqué ») et par suffisance humaine. Non, la maxime doit être, si l'on ne déteste pas les risques, de prendre le maximum de risques avec le maximum de précautions.

J'aime bien les histoires de sang-froid professionnel. Une des plus belles est dans *Une fois suffit* des Smeeton. Leur bateau vient de sancir et n'est plus qu'une épave. Ils demandent au charpentier australien qu'ils avaient embarqué de réparer d'urgence. Et le charpentier, sur cette espèce de ponton battu par les flots, avant de commencer le travail, pendant une demi-heure, posément, affûte ses outils.

Autre histoire vraie. Au moment de larguer les amarres, un ami qui partait pour un tour du monde est appelé du quai par un jeune homme anglais qui lui demande de le prendre dans son équipage. Non, vraiment non, l'équipage est déjà constitué, on part à l'instant. Le jeune homme insiste poliment, montre une autorisation de Papa, promet de faire les corvées dont les autres ne voudront pas. Et à la dernière minute, le voilà embarqué aussi pour se consacrer aux tâches ancillaires.

Le lendemain, l'équipage était sur le pont, le capitaine sur sa couchette, le jeune homme lavait la vaisselle. Le capitaine entend à fond de cale une rumeur bizarre, puis voit l'eau de la sentine commencer à suinter du plancher. Il soulève le plancher : le bateau est plein d'eau et le niveau monte rapidement. C'est un bateau ancien, très profond, et pour trouver la voie d'eau il faut plonger dans près de deux mètres de flotte mazouteuse particulièrement écœurante. Il plonge, trouve la voie d'eau (le bouchon du nable pourri qui a sauté ou un tire-fond rongé qui a lâché, je ne sais plus). Il refait surface, respire, prend un chiffon, replonge, tasse le chiffon dans le trou et le maintient avec son pied de tout son poids. Dans cette position, l'eau lui vient à peu près au ras du menton et il a la tête à la hauteur des chaussettes du jeune homme anglais qui lave la vaisselle. Le capitaine ouvre la bouche avec précaution et demande au jeune anglais de prévenir le second qu'on est en train de couler. Le jeune homme anglais répond : « Yes, Sir, volontiers. Dès que j'ai fini les assiettes », et continue à manier sa lavette. Le capitaine ne dit plus rien, parce que l'eau mazouteuse a dépassé le niveau de sa bouche (remarquez, il peut encore respirer par le nez). Le jeune homme range la dernière assiette, pose sa lavette, s'essuie les mains, monte sur le pont et dit au second : « Sir, le commandant me charge de vous dire que son opinion est que nous coulons. »

Tranquillisons les lecteurs sensibles. Ils sont tous arrivés à bon port.

Soliloque de l'homme de barre à trois heures après minuit

A Sainte-Hélène, l'empereur Napoléon juge ses maréchaux avec le recul du temps et de l'exil. Lui qui était si peu marin, il emploie d'abord une métaphore nautique pour évaluer leurs capacités : il parle de leur « tirant d'eau » à chacun. Puis il juge leur courage. Il écarte les plus célèbres, Lannes, Ney, Murat car, dit-il, le courage le plus difficile n'est pas de charger au grand soleil dans le tumulte et l'excitation de la poudre. Le plus difficile, c'est le courage de « trois heures après minuit », vers la fin du milieu de la nuit, au plus froid, au plus sombre, au plus solitaire, quand le jour de la veille est oublié et que l'on doute de l'aube à venir. Ceux qui, surpris à ce moment, manifestent du courage, ont le plus grand, le plus rare. Et il cite des noms de maréchaux moins connus : Mouton, Sérurier...

C'est à ceux-là que devrait penser fraternellement l'homme de barre seul dans son cockpit, entre mer et ciel, qui vient de prendre son quart à trois heures après minuit. Ses pensées, pourtant, suivent d'ordinaire un autre cours. Essayons discrètement de le descendre avec lui.

... Bon Dieu de bon Dieu. Si je regarde encore ma montre, le temps ne passera pas. C'est comme dans le proverbe anglais : « Le lait surveillé ne bout pas. » J'ai déjà regardé ma montre il y a 10 minutes. Il était 3 h 20. J'ai pris mon quart vers 3 h 05, 3 h 07. Il me reste encore, misère, à tenir jusqu'à 6 h 05...

Disons 6 h 10 pour ne pas être mesquin. Non, je ne regarde pas ma montre. Mangeons plutôt un chocolat, pour compenser. Et un petit coup de lampe électrique sur le compas, pour faire sérieux. Voilà, c'est bien ce que je pensais, 5° trop à gauche. Je vais border d'un poil ce foc. Et puis trouvons-nous une autre étoile. Antarès va faire l'affaire très bien. Si je changeais de fesse, je serais quand même moins mal assis. Changeons aussi de pied, pendant qu'on y est. Une cigarette ? Non, il est encore trop tôt. Ça y est, j'ai regardé ma montre. 3 h 35. Bien fait pour moi, ça n'avance pas. Fumons. Mais qu'est-ce qu'il a encore ce foc ? Ah, c'est l'écoute qui est coincée dans le capot du poste avant. Foutoir. Il faut que j'y aille, et au retour, j'en profite pour faire pipi dans les haubans. Chienne de vie. On ne peut pas s'installer une seconde. Trois heures de quart à cette heure-ci, c'est l'horreur. Quelle idée j'ai eue de me proposer. Coup de lampe au compas ? Oui, c'est bon, très bon. Gentil bateau, va. On se laisserait aller, on le caresserait sous le menton pour qu'il ronronne. Qui parle de ronronner ? Ça ronfle, oui. Ces salauds en bas ronflent. Dérision. Baudouin qui jure qu'il ne ferme jamais l'œil, je l'entends d'ici. C'est moi, demain au réveil, qu'il entendra. Maintenant ils sont deux à ronfler, les porcs, pendant que je suis ici à me geler les pieds. Provocation. Attention, tu ne vas pas commencer à râler. Si tu es ici, c'est bien que tu l'as voulu, pas vrai ?

Il ne faudrait pas trop se plaindre. Il y a un petit clapot pas gênant, on fait notre cap, la brise est portante bien qu'un peu follette, et à part ce coin de ciel noir derrière mon épaule gauche qui me promet un grain dans trois quarts d'heure, on ne manque pas d'étoiles. Normalement je ne devrais avoir que des pensées nobles et élevées. C'est vrai, ça. Je suis seul sur l'océan immense, seul avec moi-même et les éléments, dans le silence des espaces infinis, et je n'aurais pas de pensées nobles et élevées ? Sur le sens de la Vie, l'Avenir de notre Société, les Fins Dernières de l'Homme, l'Amour-Estime et l'Amour-Passion, la Fin de la Jeunesse et l'Amitié Déçue, bref sur toutes les choses sérieuses et profondes auxquelles on n'a jamais le temps de réfléchir ?

Invraisemblable. C'est une occasion unique à ne pas manquer. Méditons sérieusement et profondément. C'est parti...

... On dira ce qu'on voudra, le froid-aux-pieds, c'est l'ennemi du genre humain. Un marin qui ne pense pas à avoir toujours avec lui, même sous les Tropiques, une paire de chaussettes chaudes, n'est simplement pas digne de ce nom...

... Bon. Je ne sais plus où j'en étais, mais je crois que je me suis un peu endormi. Coup de lampe au compas. Catastrophe. 12° trop à droite. Il n'y a plus qu'à compenser en prenant 12° trop à gauche. Personne n'a rien remarqué. Pas vu, pas pris. Choquons la grand-voile, le foc, l'artimon. Voilà. Changeons d'étoile. Allumons une cigarette. Quelle heure est-il ? Encore 1 h 35 à tirer. Changeons de fesse. Tiens, la brise fraîchit un peu. Parfait. On a dépassé 5 nœuds. Dans 20 minutes, je reprends le cap. On sera encore plus portant. A cette vitesse-là, on arriverait... Tss, tss, touchons du bois. C'est fait. Ce qui n'est pas fait, c'est la vaisselle d'hier. D'ici, je l'entends bringueballer dans l'évier. Ça me rappelle l'année où Marie-Cécile avait fait des nouilles à l'eau de mer. Quelle année, donc ? L'année des

Baléares ou celle de la Crète? Non, celle des Comores. Tiens, je pourrais essayer de me rappeler pour chaque année où j'étais en vacances et où j'ai navigué, en commençant à l'âge de huit ans. Ça occuperait. Le paradis, c'est quand même les Seychelles. L'entrée à Port-Victoria dans le grain, sans aucune visibilité. Pas un feu, et des bancs de coraux partout. Un vrai comité d'écueils. (Il faudra que je la replace, celle-là.) Deux solutions : la cape, pour attendre, ou la règle Cras et le compas, systématiquement. Vivent la règle Cras et le compas. On n'a pas dérivé d'un pouce de la route, et paré tous les dangers. La seule précaution, c'est de tenir l'écoute à la main pour amortir les rafales à la voile et pas à la barre. Et quelle est l'année où Barbara m'avait passé une tartine de confiture? Chère Barbara... Flouc! Splash! Saloperie de clapot! J'en ai plein le cou. Il suffit d'un moment d'inattention, et c'est celui-là que choisit cette putain de mer pour vous envoyer par le travers, là, toujours au même endroit au tiers de la hanche, la petite vaguelette vicelarde pas peignée dans le bon sens et qui vous flanque à la figure un demi-seau d'eau froide. Et pourquoi, Seigneur, je vous le demande, toujours précisément dans le cou?

Maintenant, ça descend dans le dos. Fumons. Bien sûr, mes cigarettes sont fichues. Voilà le grain. Il ne manquait plus que lui. Et le génois qui se dévente. Vicieux comme je le connais, il va aller s'entortiller autour de l'étai, juste histoire de faire suer le marin. J'aurais dû hier soir, pour la nuit, mettre le yankee. Voilà ce que c'est d'être flemmard, on le paye toujours. A l'action, il faut changer d'amure, sinon c'est la grand-voile qui va y avoir droit. Le génois, je me l'affale, vite fait. On réfléchira ensuite. La grand-voile, virons vent arrière par la Méthode Amortissante bien connue des amateurs éclairés. Crac, boum, merci, rien de cassé. Joli sillage en S, sûrement. Pas le temps d'admirer. D'ailleurs on voit plus rien. Foutu temps. J'ai une goutte qui me pend au nez. Le cap, bon Dieu ! Ça filocherait plutôt. 6 nœuds, 6 nœuds et demi. Si je ne m'assois pas à contre, je ne le tiendrai jamais, ce fichu bateau. On y est. Et je lui lâche deux doigts d'écoute, qu'il me prend en se régalant. Do, sol, mi, do. Tralala. Qu'est-ce qu'on chantait donc, dans l'hiver 1954 ? Les Feuilles mortes ? *Non, c'était en 50 ou 51. En 54, ça devait être plutôt*

Dites donc, ça y va. Quand je dis 6 nœuds et demi, c'est bien 7, rien qu'à l'oreille. Il faut que j'affale l'artimon. Beaucoup trop ardent, on est. Mais ça marche le tonnerre. Qu'est-ce qu'ils perdent, en bas, ces ploucs ronfleurs. A propos, quelle heure est-il ? Quoi ! 6 h 20 ! J'en ai fait dix minutes, un quart

d'heure de trop ! Et derrière le grain, voilà l'aube, bien sûr. Les malheureux, ils perdent le meilleur. J'ai même une chance de pouvoir me faire une longitude par tangence sans tables ni sextant, avec ce ciel qui se dégage. Debout, là-dedans ! A affaler l'artimon ! Il faut que je fasse tout tout seul, sur ce bateau, c'est pas croyable. A renvoyer le génois ! Debout !

5

LE CERCLE

Dans les *Mémoires d'un visage pâle*, le vieux chef indien déclare que tous les malheurs des hommes blancs viendront de ce qu'ils construisent des maisons de n'importe quelle forme et qu'ils ne savent plus habiter dans un cercle. Si on me demandait : « Allez, dites en une phrase, une seule, la mer, qu'est-ce que c'est pour vous ? », je crois que je répondrais : « C'est un cercle. » Ou pour être plus précis, technique : « La mer, c'est 360° d'horizon. »

Dans toute longue traversée, c'est ce qui frappe d'abord et la première impression, qui est la bonne, se retrouve être aussi la dernière : le sentiment physique, parfois jusqu'à l'oppression, du cercle absolu, sans faille, mathématique, qui vous entoure 24 heures sur 24 et se déplace avec vous. C'est ce qui fait que la longue traversée n'a rien à voir, mais rien à voir avec la régate ou la croisière. Dans toute évocation magique, l'opérateur commence par tracer un cercle. Seule la longue traversée est magique. Seule, elle est création d'un monde.

Pour l'homme seul, à mains nues, être au milieu de la mer est comme être chaque jour le centre d'une planète, d'un univers pour la première fois entièrement décrit et parfaitement visible, chaque jour inventé, chaque jour nouveau ; et pourtant le temps n'existe plus comme nous le connaissons à terre, il ne s'écoule plus : c'est seulement l'espace qui se déplace, et un cercle, à la limite de l'eau et du ciel, qui, sans cesse, insensiblement, jour après jour, prend la place d'un autre.

D'aucuns s'en grisent et y respirent un air de puissance et de liberté. Peut-être parce que c'était ce qu'ils cherchaient. D'autres, qui avaient sans doute davantage besoin de lois, y trouveront surtout une discipline. Toute longue navigation est d'abord une circumnavigation autour de soi-même. Naviguer en haute mer, c'est recréer un monde, son monde. Il n'y a que lui et vous. Et si vous êtes au centre du cercle, c'est lui qui vous entoure, qui vous enferme, et c'est à lui en fin de compte que vous appartenez. Miroir circulaire à l'échelle du ciel et de la mer qui vous renvoie votre image et que vous devez traverser.

A bord, chaque instant et chaque détail comptent : border une voile, prendre un ris, changer de foc, tenir la barre, modifier le cap, manger, boire, chanter, dormir. Il n'y a plus ni faux-semblant, ni temps vague ou, comme on dit, « perdu ». Vous faites seul votre route, vivre ou parfois survivre est votre affaire, l'affaire de chaque geste et de chaque moment comme de toute la vie à bord qui, elle, ne se divise pas. C'est le maximum possible d'attention et de responsabilité personnelle au sein d'un monde qui est celui du maximum possible de règles.

Ce cercle des éléments qui vous entourent et où vous vous êtes délibérément placé ne dépend en rien de vous. Ses lois s'imposent quand elles n'écrasent pas, et la plupart vous sont incompréhensibles. De quel coup de vent passé à 3 000 milles d'ici est née cette houle qui vient mourir à votre bord, à moins qu'elle n'annonce au contraire le coup de vent à venir ? Quelle nébuleuse, quel équilibre des planètes, quelle origine des mondes a fait ce nuage qui passe, signe de beau ou de mauvais temps inscrit depuis toujours dans l'alternance des cyclones et des anticyclones ? La brise qui adonne ou refuse, la mer qui se calme ou se lève et se déchaîne, tout dépend d'un mouvement du ciel et de la terre né avec la première aube et qui ne finira qu'avec le dernier soir.

Il n'y a rien de plus stupide et de plus dérisoire

que ceux qui, à propos de la voile, et de la voile en haute mer, parlent d' « évasion » comme le feraient des dépliants publicitaires. Être en mer, c'est le contraire d'une évasion. Monde clos dans un monde parfait, tout bateau est une prison. Mais le prisonnier peut aussi dire « ma » prison.

Toute solitude est une liberté et toute solitude est une prison. Toute puissance est une liberté et toute puissance est une prison. Autour de vous le cercle du ciel recoupe le cercle de la mer sur 360°. Voici le monde qui vous entoure, créé seulement pour vous et par vous : joie, puissance, orgueil, amitié. Vous voici, vous qui l'avez choisi, et vous n'êtes plus que vents, courants, houle, mer changeante, labour sans sillon et vagues qui inlassablement se poursuivent ; sans passé, sans attaches, sans désirs, sans trace durable derrière vous ; un peu de cette crête qui écume et mousse autour de vous, avant qu'une autre crête ne l'efface en s'écroulant.

Dans *Le Premier Cercle*, de Soljenitsyne, il y a un court chapitre précisément intitulé : « L'arche ». C'est le milieu du livre. C'est aussi comme le milieu de la mer.

L'arche

« ... Pour leur période de repos et de récréation, les prisonniers avaient droit à dix pièces réparties sur deux étages, à deux couloirs, un en haut et un en bas, à l'étroit escalier de bois qui reliait ces deux étages et à une toilette au pied de ces escaliers. Leur récréation consistait à ce qu'on les autorisait, sans restriction aucune, à s'allonger sur leur châlit et même à dormir s'ils y parvenaient au milieu du vacarme, à s'asseoir sur leurs couchettes, puisqu'il n'y avait pas de chaise, à se promener dans la pièce ou d'une pièce à l'autre, même en caleçon, à fumer dans les couloirs autant qu'ils le voulaient, à discuter politique en présence des indicateurs et à utiliser les toilettes sans intervention ni limitation aucune. D'ailleurs ceux qui étaient emprisonnés depuis longtemps et qui devaient se soulager sur commande deux fois par jour pouvaient apprécier cet aspect de l'immortelle liberté. Le sentiment de plénitude qu'ils connaissaient durant le repos du dimanche venait du fait que c'était à eux que le temps appartenait et non pas au gouvernement. La période de repos était donc considérée comme quelque chose de réel. Pendant cette période, les prisonniers étaient isolés par de lourdes portes d'acier fermées de l'extérieur, et personne ne les rouvrait, personne n'entrait, personne ne venait les convoquer ni les chercher. Durant ces brèves heures, le monde extérieur ne pouvait pénétrer à l'intérieur pour trouver qui que ce fût. C'était ce que signifiait la période de repos : que tout le monde extérieur — l'univers avec ses étoiles, la planète avec ses continents, la capitale avec ses lumières, ses banquets et ses indices de production qui montaient —, tout cela avait sombré dans la non-existence, s'était transformé en un noir océan, presque indiscernable à travers les barreaux des fenêtres, par-delà les réverbères jaunes de la zone interdite.

Baignée par la lumière électrique perpétuelle du MGB, l'arche de deux étages de cette ancienne propriété d'église, aux murs épais de quatre briques et demie, flottait sans but et indifférente sur cette mer noire des destinées et de la confusion humaines, en projetant des faisceaux de lumière sans cesse déclinants. Le dimanche soir, la lune pouvait bien se fendre en deux. De nouvelles Alpes pouvaient surgir dans l'Ukraine. L'océan pouvait engloutir le Japon ou le déluge universel commencer : les prisonniers, enfermés dans leur arche, n'en sauraient rien jusqu'à l'appel du matin. Ils ne pourraient pas davantage être touchés par des télégrammes de parents, par des appels téléphoniques importuns, par l'annonce qu'un enfant se mourait, ou qu'on avait arrêté un de leurs proches en pleine nuit.

Ceux qui flottaient dans l'arche étaient sans poids et ils avaient des pensées sans poids. Ils n'avaient pas faim et ils n'étaient pas rassasiés. Ils ne connaissaient pas le bonheur et ne craignaient pas de le perdre. Ils n'avaient pas la tête pleine de mesquins calculs officiels, d'intrigues, de promotions, leurs épaules ne ployaient pas sous des problèmes de logement, de combustible, de pain et de vêtements pour leurs enfants. L'amour, ce délice et ce tourment de l'humanité depuis des temps immémoriaux, était impuissant à leur communiquer son frisson ou son angoisse. Leurs peines de prison étaient si longues que nul ne songeait même à l'année où il retrouverait la liberté. Des hommes dotés d'une intelligence, d'une instruction et d'une expérience exceptionnelles — mais toujours trop dévoués à leur famille pour abandonner beaucoup d'eux-mêmes à leurs amis — n'appartenaient ici qu'à leurs amis. La lumière des ampoules qui se reflétait sur les plafonds blancs et sur les murs crépis à la chaux illuminait leurs esprits lucides. D'ici, de l'arche, qui poursuivait avec assurance sa route à travers la nuit, le flot tortueux de l'Histoire maudite était facile à embrasser d'un seul coup d'œil, comme d'une hauteur considérable, et pourtant dans les moindres détails, jusqu'à un caillou au fond, comme si l'on baignait dedans.

En ces heures du dimanche soir, la matière et la chair ne rappelaient pas aux gens leur existence. L'esprit d'une mâle amitié et la philosophie gonflaient au-dessus de leurs têtes les voûtes semblables à des voiles.

C'était peut-être bien cela, cette bénédiction que tous les philosophes de l'Antiquité essayaient en vain de définir et d'enseigner aux autres. »

Naviguer de nuit

Partir, quelle que soit l'heure, c'est toujours une sorte de crépuscule.

Derrière soi, le quai, la ville, les amis, la chaleur, la lumière. Devant soi, ce qui n'est pas connu. Pour un jour ou un mois, l'imprévisible, l'obscur, autrement dit, la nuit. Et arriver, quelle que soit l'heure, c'est toujours un peu une aube.

D'abord l'heure trouble qu'ont ressentie tous ceux qui ont navigué. La nuit n'est pas encore venue mais le soleil est couché. On sent le froid à l'intérieur de soi. Parce qu'il fait moins chaud? Non, parce qu'il fait plus sombre. C'est le moment du frisson imperceptible, de l'inquiétude vague, de la solitude, elle, plus précise et qui, un instant, pèse sur les épaules. Larguons les amarres du jour. Un léger pincement au cœur, comme quand le quai s'éloigne et que l'amarre tombée à l'eau est remontée à bord.

Voici maintenant venir la double traversée, celle de la mer et celle de la nuit. Les êtres de cette terre, les formes familières, les certitudes réconfortantes une à une s'estompent et disparaissent. Voici venir maintenant la double solitude, celle de la nuit et celle de la mer.

Seigneur, que j'aime naviguer de nuit. Peu à peu, chacun de nos sens va retrouver une autre habileté, une autre vie. L'œil, perdu d'abord, tâtonne dans le noir et enfin trouve son chemin. Le blanc d'une crête de vague qui déferle lui fait signe. Une étoile qui se balance entre deux haubans l'appelle. La main, aveugle, va aussi trouver sa route. La barre, dans la paume, la soutient. La résistance de la mer, comme la tendance du bateau à lofer, lui sont d'autres mains qui la guident.

Et l'oreille! Son règne commence. S'il fait beau, le bruit de l'eau contre la coque est une soie qu'on déchire. S'il vente, c'est le plain-chant de la mer qui s'élève. Une écoute qui bat, une voile qui faseille, une drisse qui claque. Vent arrière, c'est l'orchestre avec les stridences du vent et la basse continue de la mer qui roule sur elle-même. Vent debout, c'est le vacarme, tout craque et gémit, mais chaque craquement porte un nom. Ceux qui croient que la voile c'est le silence n'ont jamais navigué à la voile.

La nuit, tout bruit est multiplié, renforcé, répercuté, toute distance agrandie de la dimension du mystère : tout contact devient surprise hostile ou geste amical. La nuit, tout est différent et plus rien n'est indifférent.

Être seul, à la barre, de nuit, ce n'est pas la même chose non plus. Le jour est quand même une sorte de compagnie. Désormais, il n'y a plus que la mer et son cercle autour de vous, plus près, plus serré, plus dur, doublé et renforcé du cercle de la nuit.

Mais qu'elle va se peupler vite, la nuit sur la mer... Passent dans la tête les songes demi-éveillés, des souvenirs, penser à lâcher le cunningham, des visages amis, qu'est-ce qui brinquebale encore en bas... Pas de vastes pensées philosophiques, non, au risque de décevoir les âmes romantiques. Mais une sorte d'histoire sans queue ni tête, pleine de photos jaunies, de détails de cuisine, de jubilation vague, d'inquiétudes techniques soudaines et dérisoires, de paix qui ne sait pas qu'elle est la paix [1].

De temps en temps, le cockpit étanche prend la parole. L'eau qui siphonne vous interpelle, « gloubchouch bubbletchouk » ou autres phrases qui m'ont toujours paru relever d'une langue

1. Suppose, évidemment, qu'on ait toujours des chaussettes chaudes aux pieds.

ouralo-altaïque assez proche du turc. On lui répond. On se répond aussi, car assez vite on se parle sans plus très bien savoir si c'est en dedans de soi ou à haute voix.

Parfois aussi une autre voix dit votre nom, net, précis. Comme elle se peuple vite, la mer déserte et la nuit où l'on est seul...

Antarès peu à peu s'engloutit dans le noir de la mer. Dans le noir de la nuit, la Grue fidèle navigue de conserve à bâbord. Arcturus, pierre brillante jetée de la Grande Ourse, va sombrer à son tour. À l'Est, cette décoloration comme une maladie de peau, c'est l'aube qui gagne. Maintenant, on peut aller dormir. Oui, que j'aime naviguer de nuit.

La « grande secrète »

La mer n'est pas muette, pas seulement pour les enfants qui collent leur oreille à un coquillage... Elle murmure, marmonne, ronchonne. Elle gronde, elle hurle, elle rugit. Elle raconte. Elle berce. Peut-être elle rit, peut-être elle pleure. Pas un instant elle ne se tait. Le problème, c'est que tout ce qu'elle dit est codé.

Et il en a toujours été ainsi, et il en sera toujours ainsi, pour elle comme pour tout ce qui la touche, hommes ou bateaux. Savoir où on est en mer et la technique du point ? Secret, l'existence d'une terre ou d'un continent au-delà des mers : celui de l'Atlantique est gardé des siècles durant par les Normands et les Basques (c'est pourquoi Christophe Colomb embarquera avec lui deux Dieppois, les frères Pinson). En plein XVIIe siècle, les Hollandais parviennent à cacher leur découverte de l'Australie pendant plus de 45 ans : déjà suffisamment occupés avec leur empire colonial en Indonésie, ils n'ont ni le temps ni les moyens d'exploiter un nouveau continent, mais pas question que d'autres prennent leur place ! Plus près de nous, quand Benjamin Franklin découvre le tracé exact du Gulf Stream en prenant la température de l'eau, sa trouvaille est immédiatement classée « Secret Défense ». En effet, savoir éviter les eaux du Gulf Stream dans le sens Europe-Amérique ferait gagner 8 jours aux transports de troupes anglaises qui viennent lutter contre les insurgés américains... Alors, ne nous étonnons pas si aujourd'hui on dissimule au port les formes des quilles de compétition, si l'on triche en mer sur sa position par rapport à ses concurrents et si les sous-marins nucléaires se cachent sous la banquise ! « Gouverner » vient de « gouvernail ». Et on le sait, on ne gouverne pas sans mystère. En mer tout, toujours, est naturellement mystère.

La mer apprend la victoire et enseigne la défaite. Mais ces deux satanées menteuses disent aussi des vérités. La mer est la plus grande brouilleuse de cartes, effaceuse de traces, perdeuse de fil. Elle est pour l'homme le symbole de la liberté, et l'homme y vit comme en prison. Elle est source de vie, mais image de linceul. Tout y a commencé sans doute. Tout y finira peut-être. Muette ? Ah non ! Mais qui peut saisir son message ? Codé, tout est codé. Elle ne parle qu'une langue, la sienne. Quelques-uns, rares, comprennent.

Salut

Il y a des années et des années, j'avais écrit un éditorial en l'honneur d'Éric Tabarly qui venait de remporter la transat en solitaire. D'autres, depuis, ont pris la relève dans son sillage. Pour eux tous, avec une amitié profonde et discrète comme si j'avais été de leur équipage, je redis ce message :

« Ce n'est pas parce que dans une compétition internationale parmi les plus spectaculaires, un Français a gagné. Ce n'est pas parce que celui qui le premier est sorti du brouillard est celui qu'on n'attendait plus. Ce n'est pas parce que l'océan cette année, passant de la tempête répétée à la brume et au calme plat, semble avoir voulu déchaîner toutes ses forces et user de tous ses pièges contre les hommes et les femmes qui l'affrontaient pour une triple traversée ; celle de la mer, celle de la nuit, celle de la solitude.

Ce n'est pas parce que vaincre dans ces conditions suppose un courage moral, une résistance physique, une connaissance de la mer hors du commun et une alliance encore plus rare de qualités complémentaires c'est-à-dire contradictoires : la science et l'intuition ; la patience et l'audace ; la force et la réflexion ; le calcul et la chance ; l'expérience et la passion. C'est parce que vaincre est aussi une façon d'avoir été heureux.

« Il y a des grands mots qui sont comme des gros mots et que la pudeur conduit à ne pas employer. " Bonheur " est sans doute de ceux-là. Pourtant, je crois qu'on peut dire que tous les marins, malgré le temps contraire et les avaries, et l'attente et parfois l'angoisse, ont eu du bonheur en mer. Celui d'arriver, certes ; mais aussi celui de partir, qui est peut-être le moment le plus émouvant quand glisse le dernier tour mort de la dernière amarre à quai ; et celui de naviguer. Choisir sa route, envoyer de la toile, la réduire, estimer le temps, calculer sa position, changer sa route, renvoyer de la toile. Dormir. Ne pas dormir. Manger. Réparer une écoute. Avoir les mains brûlées, sentir la sueur et le suint. Une nuit, une aube, un jour, un soir. Une fois, dix fois, vingt fois. Voir le ciel changer, et la mer. Calculer, estimer la mer et le ciel, et continuer. Se réjouir en silence de ce que la brise adonne ou que le baromètre fasse mouvement dans le bon sens, s'inquiéter sans bruit de ce que l'horizon là-bas s'assombrisse. Faire naturellement, jour après jour, tous ces gestes qui s'énoncent en un mot : largue, affale, embraque, étarque, borde, choque, lofe, arrive, abats, envoie... qui sont les gestes de la vie en mer et parfois ceux de la survie. Être seul.

« Mais quelle liberté est-ce là ! Faite des plus dures contraintes de la Terre, de l'Eau et de l'Air, et des plus imprévisibles, liée au rythme changeant du flot et du jusant, attachée à la chaîne des cyclones et anticyclones alternés née à l'origine des Temps, avec point d'autre objectif qu'un feu marqué sur la carte, si la mer le permet, et pas d'autres repères que les étoiles et le soleil, si le ciel le veut bien. Et quel bonheur, vraiment ? Tout ne semble que servitude, inconfort, fatigue, danger. La réponse est : il faut aimer. Ceux qui n'aiment pas ne peuvent pas comprendre.

« Si aujourd'hui la course en haute mer fascine plus qu'autrefois, ce n'est pas seulement à cause des publicitaires et d'un besoin d'aventure dans un monde trop connu ou réglementé. Ce n'est pas seulement parce qu'il s'agit d'un exploit sportif à la dimension des océans. Ce n'est pas seulement parce que c'est une démonstration de courage et de caractère exceptionnels.

C'est aussi parce que dans notre monde aux combats douteux, vivre et gagner en mer, à la fois contre les éléments et grâce à eux, apporte ce qui nous manque à tous de plus en plus : des mystères simples. Salut à ceux qui aiment. »

CHANSONS

Chantons pour passer le temps

Chantons pour passer le temps
Les amours passées d'une belle fille
Chantons pour passer le temps
Les amours passées d'une belle enfant
A quinze ans, quand son amant l'eut prise
Aussitôt elle changea de mise
Et prit l'habit de matelot
Et vint s'embarquer à bord d'un navire
Et prit l'habit de matelot
Et vint s'embarquer à bord d'un vaisseau.

Le capitaine, enchanté
D'avoir à son bord un si beau jeune homme
Le capitaine, enchanté
Lui dit : « A mon bord je veux te garder :
Tes beaux yeux, ton joli visage
Tes cheveux et ton joli corsage
Me font toujours me rappelant

A une beauté que j'ai tant aimée
Me font toujours me rappelant
A une beauté du port de Lorient. »

« Mon capitain' assurément
Vous me badinez, vous me faites rire
Je n'ai ni sœur ni parent
Et ne suis pas né au port de Lorient
Je suis né à la Martinique
Et même je suis un enfant unique
Et c'est un vaisseau hollandais
Qui m'a débarqué au port de Boulogne
Et c'est un vaisseau hollandais
Qui m'a débarqué au port de Calais. »

Ils ont bien vécu sept ans
Sur le même bateau sans se reconnaître
Ils ont bien vécu sept ans
Se sont reconnus au débarquement
« Puisqu'enfin l'amour nous rassemble
Nous allons nous marier ensemble
L'argent que nous avons gagné
Il nous servira dans notre ménage
L'argent que nous avons gagné
Il nous servira pour nous marier. »

C'ti là qu'a fait cette chanson
C'est l'nommé Camus gabier de misaine
C'ti là qu'a fait cette chanson

C'est l'nommé Camus gabier d'artimon
Matelot faut hisser d'la toile
Au cabestan faut qu'tout l'monde y soye
Et vire, et vire, vire donc
Sans ça t'auras pas d'vin dedans ta gamelle
Et vire, et vire, vire donc
Sans ça t'auras pas d'vin dedans ton bidon.

Jean-François de Nantes

C'est Jean-François de Nantes
Oué ! Oué ! Oué !
Gabier sur la Fringante
Oh ! ma Doué
Jean-François.

Débarque en fin d'campagne,
Plus fier qu'un roi d'Espagne.

En vrac dedans sa bourse,
Plus de vingt mois de course.

Une montre, une chaîne,
Valant une baleine.

Branle-bas chez son hôtesse,
Bitte et bosse et largesse.

La plus belle servante
L'amène dans sa soupente.

De conserve avec elle
Navigue sur mer belle.

En vidant la bouteille
Tout son or appareille.

Montre et chaîne s'envolent
Mais lui chope la vérole.

A l'hôpital de Nantes
Jean-François se lamente.

Et les draps de sa couche
Déchire avec sa bouche.

Pauvre Jean-François de Nantes
Gabier sur la Fringante.

Hisse le grand foc

Hisse le grand foc, les gars,
Hisse, le grand foc, les gars,
Oué ! Oué ! Tout est payé !
A celle que j'aime des avances j'ai données,
Oué ! Hisse le grand foc, les gars, tout est payé.

Pour me r'mercier, les gars,
Pour me r'mercier, les gars,
Oué ! Oué ! Tout est payé !
La chaude-pisse la garce elle m'a laissée,
Oué ! Hisse le grand foc, les gars, tout est payé.

Mais moi j'm'en fous, les gars,
Mais moi j'm'en fous, les gars,
Oué ! Oué ! Tout est payé !
Ça vaut bien mieux qu'd'avoir la tête coupée,
Oué ! Hisse le grand foc, les gars, tout est payé.

Ça m'tiendra chaud, les gars,
Ça m'tiendra chaud, les gars,
Oué ! Oué ! Tout est payé !
Quand au cap Horn j'aurai les couilles gelées,
Oué ! Hisse le grand foc, les gars, tout est payé.

Les filles de La Rochelle

C'sont les filles de La Rochelle
Qu'ont armé un bâtiment
Qu'ont armé un bâtiment
Pour aller faire la course
Aux échelles du Levant.

Ah ! la feuille s'envole, s'envole
Ah ! la feuille s'envole au vent.

La grand-vergue est en ivoire
Les poulies en diamant
Les poulies en diamant
La grand-voile est en dentelle
La misaine en satin blanc.

Les cordages du navire
Sont de fils d'or et d'argent
Sont de fils d'or et d'argent

Et la coque est en bois rouge
Travaillée fort joliment.

L'équipage du navire
C'est tout filles de quinze ans
C'est tout filles de quinze ans
Capitaine qui les commande
Est le roi des bons enfants.

Hier faisant sa promenade
Dessus le gaillard d'avant
Dessus le gaillard d'avant
Aperçut une brunette
Qui pleurait dans les haubans.

Qu'avez-vous jolie brunette
Qu'avez-vous à pleurer tant
Qu'avez-vous à pleurer tant
A'vous perdu père et mère
Ou quelqu'un de vos parents ?

J'ai perdu mon pucelage
Qui s'en fut la voile au vent
Qui s'en fut la voile au vent
Il est parti vent arrière
Reviendra en louvoyant.

Valparaiso

Haul away Hé
Ou la tchalez
Où d'autres laisseront leurs os !
Hale matelot
Hé Ho Hisse Hé Ho !

Ceusses qui r'viendront pavillon haut
Good bye farewell *(bis)*
C'est premier brin de matelot !
Hourra o Mexico Ho Ho Ho !
Pour la bordée, ils seront à flot
Haul away Hé
Ou la tchalez
Bon pour le rack, la fille, le couteau !
Hale matelot
Hé Ho Hisse Hé Ho !

Hardi les gars, vire au guindeau
Good bye farewell *(bis)*
Hardi les gars adieu Bordeaux !
Hourra o Mexico Ho Ho Ho !
Au cap Horn il ne fera pas chaud
Haul away Hé
Ou la tchalez
A fair' la pêche au cachalot
Hale matelot
Hé Ho Hisse Hé Ho !

Plus d'un y laissera sa peau
Good bye farewell *(bis)*
Adieu misère adieu bateau !
Hourra o Mexico Ho Ho Ho !
Et nous irons à Valparaiso.

Sur le pont de Morlaix

C'est en passant su'l'Pont d'Morlaix,
Haul away, old fellow away!
La belle Hélène j'ai rencontrée,
Haul away, old fellow away!

Bien humblement l'ai saluée,
D'un doux sourire elle m'a r'mercié.

Mais j'ai bien vu qu'c'est charité,
Car c'est une dame de qualité.

C'est la fille d'un cap'taine nantais,
A matelot n'sera jamais.

Pour nous sont les garces des quais,
Qui volent, qui mentent, qui font tuer.

Mat'lots mon cœur est embrumé,
Buvons quand même à sa beauté.

Encore un coup pour étarquer !
Hisse le grand foc, tout est payé !

La Danaé

L'était une frégate,
Lonla,
L'était une frégate !
C'était la *Danaé,*
A prendre un ris dans les basses voiles,
C'était la *Danaé,*
A prendre un ris dans les huniers.

A son premier voyage,
La frégate a sombré.

Et de tout l'équipage,
Un seul homme s'a sauvé.

C'était un quartier-maître
Qui n'savait pas nager.

Sur une cage à poules
L'marin a navigué.

Après six jours de nage,
Enfin a abordé.

Sur une île déserte,
Avec des cocotiers.

Il vit sur le rivage
Une belle qui pleurait.

Qu'avez-vous donc, la belle ?
Qu'avez-vous à pleurer ?

J'ai perdu mon pucelage,
Ne puis le retrouver.

Ne pleurez plus, la belle,
J'vais aller le chercher.

A la première plonge,
L'matelot n'a rien trouvé.

A la deuxième plonge,
L'matelot a fatigué.

A la troisième plonge,
L'matelot a renoncé.

Car jamais pucelage
Perdu ne s'est r'trouvé.

Le 31 du mois d'août

Le 31 du mois d'août
Nous aperçûmes, sous l'vent à nous,
Une frégate d'Angleterre
Qui fendait la mer z'et les flots :
C'était pour aller à Bordeaux !

Le Capitaine, au même instant,
Fit appeler le Lieutenant :
« Lieutenant te sens-tu capable,
Dis-moi, te sens-tu assez fort
Pour aller attaquer son bord ? »

Le Lieutenant, jeune et hardi,
Répondit : « Capitaine, oui !
Faites monter tout l'équipage,
Hardis gabiers, fiers matelots,
Faites monter tout l'monde en haut ! »

Le Maître donne un coup d'sifflet,
Cargue la voile au perroquet,
File l'écoute, et, vent arrière,
Laisse porter jusqu'à son bord
Pour voir qui sera le plus fort !

Nous l'abordâmes par son avant
Sous la conduite du Lieutenant.
A coups de haches d'abordage,
De piques, et de mousquetons,
Nous l'avons mis à la raison !

Que dira-t-on de lui tantôt,
En Angleterre et à Bordeaux,
De s'être laissé prendre sa frégate
Par un corsaire de six canons,
Lui qui en avait trente et six bons !

Buvons un coup ! Buvons-en deux !
A la santé des amoureux !
A la santé du Roi de France,
Et merde pour la Reine d'Angleterre
Qui nous a déclaré la guerre !

Adieu, cher camarade

Adieu, cher camarade, adieu, faut nous quit-
[ter !
Faut quitter la bamboche, à bord il faut rentrer.
En arrivant à bord, en montant la coupée,
A l'officier de quart il faudra se présenter,
Faudra se présenter !

Coup de sifflet du Maître, « postes d'appa-
[reillage »,
Autour du cabestan se range l'équipage.
Un jeune quartier-maître, la garcette à la main,
Aux ordres d'un premier-maître nous astique les
[reins !
Nous astique les reins !

Jours de fête et dimanches, il nous faut
[travailler,
Comme les bêtes de somme qui sont chez nos
[fermiers.

Pour rations des gourganes, des biscuits pleins de
[vers,
Le quart de vin le jour, et la nuit les pieds aux
[fers !
La nuit les pieds aux fers !

Et vous, jeunes fillettes, qui avez des amants,
Bourlinguant tout là-bas, à bord des bâtiments,
Soyez-leur z'y fidèles ! Gardez-leur z'y vos cœurs !
A ces marins, misère, qu'ils ont tant de malheurs,
Qu'ils ont tant de malheurs !

Et si je me marie, et que j'aie des enfants,
Je leur casserai un membre avant qu'ils soient
[grands.
Je ferai mon possible pour leur gagner du pain
Le restant de ma vie, pour pas qu'ils soyent
[marins !
Pour pas qu'ils soyent marins !

Tacoma

C'est dans la cale qu'on met les rats
        Houla la...

Par' à virer les gars
Par' à virer, faut s'déhaler
On s'reposera
Quand on arriv'ra
Dans le port de Tacoma.

C'est su' la mer qu'on met les mâts
        Houla la...

C'est dans la pip' qu'on met l' tabac
        Houla la...

C'est dans la gueul' qu'on met l'tafia
        Houla la...

Mais les filles ça s'met dans les bras
        Houla la...

Bêche de mer

Le « bêche de mer[1] », ou « biche de mer », ou « bichlamar », ou « pidgin english » est un anglais ultra-simplifié avec du français, du portugais, du polynésien, qui sert de langue de communication d'île à île dans les archipels occidentaux du Pacifique. Il n'y a pratiquement pas de grammaire et aucun accent tonique.

Prépositions : La locution « a long » ou plus couramment « long » remplace toutes les prépositions françaises : vers, à, de, sur, dans, sous, pour, par, etc.

Ex : Mi kam long Vila : je viens de Vila.
Mi go long Santo : je vais à Santo.
Mi go long trip : je vais en voyage.

1. Avec mes remerciements à MM. Lamau et Taga, et à la Résidence de France aux Nouvelles-Hébrides.

Mi go long ship : je vais sur le bateau.
Mi slip long craoun : je dors par terre.

Article défini : n'existe pas.

Article indéfini : n'existe que pour :
— une personne : wane man.
— une chose : wane something.

Pluriel : Pas de différence avec le singulier.

Genre : Pas de différence entre masculin et féminin. Pour indiquer le sexe, si nécessaire, on ajoute « man » ou « woman ».
Ex : chien : dog.
chien mâle : man dog.
chienne : woman dog.

Comparatif : Se forme uniquement avec l'adverbe « more » qui se prononce le plus souvent « mo ».
— Meilleur : mo goud.
— Plus grand : mo big.
— Moins bon : mo bad (plus mauvais).
— Moins grand : mo smöl (plus petit).

Superlatif : Utiliser « number wane » (numéro un) ou « on top » (premier).

Compter :

— Un : wane (one).
— Deux : tou (two).
— Trois : tri (three), etc.
— Vingt : twenti (twenty).
— Trente : teurti (thirty).

Adjectif démonstratif : Le mot « ia » remplace ce, ces, cet, cette.

— Stone ia : ce caillou.

Adjectif possessif : On utilise « bilong » qui se prononce « blon » et qui est à rapprocher de la préposition « à » telle qu'elle est populairement employée en France.

— Les enfants à Paul : pikinini blon Paul.
— Mon livre : Bouk blon mi.

Pronom personnel :

je, moi : mi.
tu, toi : you.
il, elle (sujet) : i.
lui, elle (compl.) : im.
nous : mi fella.
vous : you fella.
ils, elles : ôl getta.

Adverbes : Le plus généralement l'adjectif est utilisé sans modification comme adverbe.

Je travaille bien : mi wok goud.
Je parle fort : mi tôk strong.
Je mange mal : mi kaïkaï bad.

Conjugaison : KAM : VENIR.

Présent : mi kam : je viens.

C'est la seule forme, le seul temps, le seul mode.

Pour le futur, on ajoute avant le verbe l'expression : « bambaï » : Bambaï mi kam : je viendrai.

Pour le passé, on ajoute après le verbe l'expression : « finis » : Mi kam finis : je suis venu.

Conditionnel : se conjugue comme le présent et le « si » français est remplacé par « sappose » ou « suppose ».

Sappose mi save, mi kam : si je le sais, je viens.

En fait, on invente les mots dont on a besoin en parlant, en utilisant s'il le faut métaphores ou périphrases et en plaçant de temps en temps pour soutenir le récit « go, go », ou plus souvent encore « allez, allez ».

Si l'on veut souligner l'importance d'une chose, on peut doubler le mot. Exemple : dysenterie : schit-schit-wota (autrement dit : merde-merde-eau).

Pour dire « un piano », on racontera presque une histoire : sameting blon waïte man (un truc à l'homme blanc) big case (grosse caisse) sameting

waïte, sameting blak (du blanc et du noir) suppose you tach im, i sing (si vous le touchez, cela fait de la musique).
Autre exemple fameux, un soutien-gorge, qui se dit « basket blon titi » (panier à seins).
Ainsi, parler le bichlamar donne les joies purement poétiques de la création permanente.
Toutes les variations sont possibles. Pour dire « au revoir » on peut dire : « tata », ou « babai », mais aussi « nex poli », ce qui est à peu près « à la prochaine en Polynésie ». Il faut toutefois se méfier un peu : dire « au prochain voyage » est la formule aimable pour dire « jamais ».

LEXIQUE

A (il y en)	igat
Acheter	pem
Aider	givin hand
Alcool	strong drink *ou* grog
Aller	go
Allumer	laïtem
Ami	frend
Ancrer	ang'ka
Apporter	tekemikam *ou* caremikam
Argent	moné *ou* mani
Arrêter	stopem *ou* blokem
Assez	inaf
Attention	loukaout
Aujourd'hui	tété
Auprès, près, Bientôt, etc.	kolosap
Avoir	gat
Bateau	bôt
Bien	goud
Blanc	waïte
Bois	oud

Boîte	tin
Bonjour	gound moning
	ou goud dé
Bouteille	botol
Boire *et* Boisson	drink
Café	cafi
Casser	brokem
Cause (à - de)	bicause *ou* from
Chaud	hot
Chanter	sing sing
Chinois	saïna man
Colère	kros
Combien	hamas
Comment	wanem
Comprendre	harem goud
Content	glad tou mass
Corde	rop
Corps	bodi *ou* barril
Couper	katem
Coucher, dormir	slip
(avec une femme)	(ambak long woman)
Couverture	blanket
Danser	tanis *ou* texis *ou* houla
Dedans	insaid
Debout	stanap
Défendu, interdit	tabou
Demain	toumoro
Demander	askem
Difficulté	trabol
Dire	talem *ou* tok *ou* spik
Docteur	docta
Droit	straït
Eau	wota *ou* wora
Écrire	rait

Enfant	pikinini
Envoyer	sendem
Et	more
Faire attention	look aout
Fou	kranki
Français	franish
Gagner	win
Gauche	lef
Grand	big falla
Haut	on top
Heure	klok
Humide	wet
Ici	long plecia ia
Île	aïland
Jamais	neva
Jeter	sakem
Laisser	livim
Lampe	lait
Lentement	slo
Loin	long wé
Maintenant	naoya
Malade	sik
Manger, nourriture	kaïkaï
Membre viril	kok
Même chose	olsem
Mer	solwara
Mère *ou* tante	mama
Mettre	puttum
Moi	mi

Mouillé (très)	wetwet
Mouton	sip sip
Nager	swim
Noir	blak
Nuit	naït
Œil	haï
Oreille	dalingan, sora
Pain	bred
Palétuvier	natongtong
Papaye	papaï *ou* popo
Payer	paiem pem
Pêcher à la ligne	houg
Penser	tink tink
Perdre	lousoum
Père *ou* oncle	papa
Peu	smôl
Pirogue	kenou
Plonger	taïva
Pluie	rène
Poser	puttum
Porc	pig
Pourquoi	ôlsem wamen *ou* porom wanem
Pouvoir *ou* savoir	savé
Profond	dip
Quand	wat taïm
Quelque chose	samting *ou* one sameting
Regarder	louk louk
Sais (je ne... pas)	mi no savé
Sec	draï

Seins	titi
Seul	emouan
Seulement	no more
Si	suppose *ou* sappose
Soir	saba *ou* sava
Soigner	fixim
Sorcier	kleverman
Souvent	pleiti taïm
Tenir	alem
Terre	craoun *ou* soa
« Tiens bon »	alem taït
Tous	ôl gueta *ou* evri wane
Tout	ôl
Tout (c'est)	amia nomore mi savé
Tromper (se)	mi rong
Trop	tou mas
Trouver	faïnem
Tuer	kilim i ded
Vendre	salem
Venir	kam
Ventre	bel *ou* bélé
Viande	mit
Village	vilidge
Vin	waïne
Vite	kouic *ou* ariap
Voiture	trak
Vouloir	wantem

3. ESCALES

4. NAVIGUER ENCORE

5. LE CERCLE

DU MÊME AUTEUR

Aux Éditions Gallimard

LA MER EST RONDE. Ill. de Marc P. G. Berthier. (Coll. Voiles/Gallimard). Hors série.

COLLECTION FOLIO

Dernières parutions

2291.	C.G. Jung	*“ Ma vie ” (Souvenirs, rêves et pensées).*
2292.	Anne Wiazemsky	*Mon beau navire.*
2293.	Philip Roth	*La contrevie.*
2294.	Rilke	*Les Carnets de Malte Laurids Brigge.*
2295.	Vladimir Nabokov	*La méprise.*
2296.	Vladimir Nabokov	*Autres rivages.*
2297.	Bertrand Poirot-Delpech	*Le golfe de Gascogne.*
2298.	Cami	*Drames de la vie courante.*
2299.	Georges Darien	*Gottlieb Krumm (Made in England).*
2300.	William Faulkner	*Treize histoires.*
2301.	Pascal Quignard	*Les escaliers de Chambord.*
2302.	Nathalie Sarraute	*Tu ne t’aimes pas.*
2303.	Pietro Citati	*Kafka.*
2304.	Jean d’Ormesson	*Garçon, de quoi écrire.*
2305.	Michel Déon	*Louis XIV par lui-même.*
2306.	James Hadley Chase	*Le fin mot de l’histoire.*
2307.	Zoé Oldenbourg	*Le procès du rêve.*
2308.	Plaute	*Théâtre complet, I.*
2309.	Plaute	*Théâtre complet, II.*
2310.	Mehdi Charef	*Le harki de Meriem.*
2311.	Naguib Mahfouz	*Dérives sur le Nil.*
2312.	Nijinsky	*Journal.*
2313.	Jorge Amado	*Les terres du bout du monde.*

2314. Jorge Amado — *Suor.*
2315. Hector Bianciotti — *Seules les larmes seront comptées.*
2316. Sylvie Germain — *Jours de colère.*
2317. Pierre Magnan — *L'amant du poivre d'âne.*
2318. Jim Thompson — *Un chouette petit lot.*
2319. Pierre Bourgeade — *L'empire des livres.*
2320. Émile Zola — *La Faute de l'abbé Mouret.*
2321. Serge Gainsbourg — *Mon propre rôle, 1.*
2322. Serge Gainsbourg — *Mon propre rôle, 2.*
2323. Thomas Bernhard — *Le neveu de Wittgenstein.*
2324. Daniel Boulanger — *Mes coquins.*
2325. Albert Camus — *La mort heureuse.*
2326. Didier Daeninckx — *Le facteur fatal.*
2327. Jean Delay — *Avant Mémoire I.*
2328. Romain Gary — *Adieu Gary Cooper.*
2329. Alfred de Vigny — *Servitude et grandeur militaires.*
2330. Patrick Modiano — *Voyage de noces.*
2331. Pierre Moinot — *Armes et bagages.*
2332. J.-B. Pontalis — *Loin.*
2333. John Steinbeck — *La coupe d'or.*
2334. Gisèle Halimi — *La cause des femmes.*
2335. Khalil Gibran — *Le Prophète.*
2336. Boileau-Narcejac — *Le bonsaï.*
2337. Frédéric H. Fajardie — *Un homme en harmonie.*
2338. Michel Mohrt — *Le télésiège.*
2339. Vladimir Nabokov — *Pnine.*
2340. Vladimir Nabokov — *Le don.*
2341. Carlos Onetti — *Les bas-fonds du rêve.*
2342. Daniel Pennac — *La petite marchande de prose.*
2343. Guy Rachet — *Le soleil de la Perse.*
2344. George Steiner — *Anno Domini.*
2345. Mario Vargas Llosa — *L'homme qui parle.*
2347. Voltaire — *Zadig et autres contes.*
2348. Régis Debray — *Les masques.*
2349. Diane Johnson — *Dashiell Hammett : une vie.*
2350. Yachar Kemal — *Tourterelle, ma tourterelle.*
2351. Julia Kristeva — *Les Samouraïs.*

2352. Pierre Magnan — *Le mystère de Séraphin Monge.*
2353. Mouloud Mammeri — *La colline oubliée.*
2354. Francis Ryck — *Mourir avec moi.*
2355. John Saul — *L'ennemi du bien.*
2356. Jean-Loup Trassard — *Campagnes de Russie.*
2357. Francis Walder — *Saint-Germain ou la négociation.*
2358. Voltaire — *Candide et autres contes.*
2359. Robert Mallet — *Région inhabitée.*
2360. Oscar Wilde — *Le Portrait de Dorian Gray.*
2361. René Frégni — *Les chemins noirs.*
2362. Patrick Besson — *Les petits maux d'amour.*
2363. Henri Bosco — *Antonin.*
2364. Paule Constant — *White spirit.*
2365. Pierre Gamarra — *Cantilène occitane.*
2367. Tony Hillerman — *Le peuple de l'ombre.*
2368. Yukio Mishima — *Le temple de l'aube.*
2369. François Salvaing — *De purs désastres.*
2370. Sempé — *Par avion.*
2371. Jim Thompson — *Éliminatoires.*
2372. John Updike — *Rabbit rattrapé.*
2373. Michel Déon — *Un souvenir.*
2374. Jean Diwo — *Les violons du roi.*
2375. David Goodis — *Tirez sur le pianiste !*
2376. Alexandre Jardin — *Fanfan.*
2377. Joseph Kessel — *Les captifs.*
2378. Gabriel Matzneff — *Mes amours décomposés (Journal 1983-1984).*
2379. Pa Kin — *La pagode de la longévité.*
2380. Robert Walser — *Les enfants Tanner.*
2381. Maurice Zolotow — *Marilyn Monroe.*
2382. Adolfo Bioy Casares — *Dormir au soleil.*
2383. Jeanne Bourin — *Les Pérégrines.*
2384. Jean-Denis Bredin — *Un enfant sage.*
2385. Jerome Charyn — *Kermesse à Manhattan.*
2386. Jean-François Deniau — *La mer est ronde.*
2387. Ernest Hemingway — *L'été dangereux (Chroniques).*
2388. Claude Roy — *La fleur du temps (1983-1987).*

2389. Philippe Labro — *Le petit garçon.*
2390. Iris Murdoch — *La mer, la mer.*
2391. Jacques Brenner — *Daniel ou la double rupture.*
2392. T.E. Lawrence — *Les sept piliers de la sagesse.*
2393. Pierre Loti — *Le Roman d'un spahi.*
2394. Pierre Louÿs — *Aphrodite.*
2395. Karen Blixen — *Lettres d'Afrique, 1914-1931.*
2396. Daniel Boulanger — *Jules Bouc.*
2397. Didier Decoin — *Meurtre à l'anglaise.*
2398. Florence Delay — *Etxemendi.*
2399. Richard Jorif — *Les persistants lilas.*
2400. Naguib Mahfouz — *La chanson des gueux.*
2401. Norman Mailer — *Morceaux de bravoure.*
2402. Marie Nimier — *Anatomie d'un chœur.*
2403. Reiser/Coluche — *Y'en aura pour tout le monde.*
2404. Ovide — *Les Métamorphoses.*
2405. Mario Vargas Llosa — *Éloge de la marâtre.*
2406. Zoé Oldenbourg — *Déguisements.*
2407. Joseph Conrad — *Nostromo.*
2408. Guy de Maupassant — *Sur l'eau.*
2409. Ingmar Bergman — *Scènes de la vie conjugale.*
2410. Italo Calvino — *Leçons américaines (Aide-mémoire pour le prochain millénaire).*
2411. Maryse Condé — *Traversée de la Mangrove.*
2412. Réjean Ducharme — *Dévadé.*
2413. Pierrette Fleutiaux — *Nous sommes éternels.*
2414. Auguste le Breton — *Du rififi chez les hommes.*
2415. Herbert Lottman — *Colette.*
2416. Louis Oury — *Rouget le braconnier.*
2417. Angelo Rinaldi — *La confession dans les collines.*
2418. Marguerite Duras — *L'amour.*
2419. Jean-Jacques Rousseau — *Julie ou la Nouvelle Héloïse, I.*
2420. Jean-Jacques Rousseau — *Julie ou la Nouvelle Héloïse, II.*
2421. Claude Brami — *Parfums des étés perdus.*
2422. Marie Didier — *Contre-visite.*
2423. Louis Guilloux — *Salido* suivi de *O.K., Joe !*
2424. Hervé Jaouen — *Hôpital souterrain.*

2425. Lanza del Vasto — *Judas.*
2426. Yukio Mishima — *L'ange en décomposition (La mer de la fertilité,* IV).
2427. Vladimir Nabokov — *Regarde, regarde les arlequins !*
2428. Jean-Noël Pancrazi — *Les quartiers d'hiver.*
2429. François Sureau — *L'infortune.*
2430. Daniel Boulanger — *Un arbre dans Babylone.*
2431. Anatole France — *Le Lys rouge.*
2432. James Joyce — *Portrait de l'artiste en jeune homme.*
2433. Stendhal — *Vie de Rossini.*
2434. Albert Cohen — *Carnets 1978.*
2435. Julio Cortázar — *Cronopes et Fameux.*
2436. Jean d'Ormesson — *Histoire du Juif errant.*
2437. Philippe Djian — *Lent dehors.*
2438. Peter Handke — *Le colporteur.*
2439. James Joyce — *Dublinois.*
2440. Nathalie Sarraute — *Pour un oui pour un nom.*
2441. Jean Tardieu — *La comédie du drame.*

Impression Bussière à Saint-Amand (Cher),
le 14 janvier 1993.
Dépôt légal : janvier 1993.
1er dépôt légal dans la collection : mai 1992.
Numéro d'imprimeur : 226.
ISBN 2-07-038523-X./Imprimé en France.

64282